KB197571

순간이

소중해지는

순간

김선화 에세이

순간이
소중해지는
순간

한그루

프롤로그

우리 모두에게는 미덕이 있다.
그 미덕들 중에서 상황에 따라 적절한 것들이 사용된다.
아니, 저절로 발휘되는 것들도 있다.

학교에 있는 아이들을 만나러 갈 때는 인내와 사랑, 유연성을
나 자신을 온전히 만날 때는 존중, 진실, 소신이 필요하다.

친구와 한라산을 오를 때 발걸음을 맞추는 건 배려,
비 오는 날 횡단보도 앞까지 우산을 들고 마중 나가는 건 사랑,
어릴 적 길을 잃었을 때는 부모님이 날 찾아올 거라는 믿음이
있었다.

가끔 내가 가지고 있는 미덕들이 오작동을 할 때가 있다.

불의를 보고 참고, 한결같지 않은 모습으로 주변 사람들을 당황하게 만들 때도 있다.

우리가 일상에서 직면하는 다양한 상황에서 적절한 말과 행동을 선택하고,

타인과의 관계를 원활히 유지하는 데 필수적인

T시간 P장소 O상황가 있는 것처럼

우리의 미덕도 그 순간에 잘 표현되면 좋을 것 같다.

용기가 필요한 순간에 신중이 너무 오래 머물지 않기를 바라며.

2024년, 유난히 더웠던 여름, 짧은 가을

그리고 길어질 겨울 즈음에

목차

그
곳
에
가
는
이
유

감사는 우리가 가진 것을 고맙게 여기는 태도입니다. 우리가 배우고 사랑하고 존재하는 것에 대해 고마움을 느끼는 것입니다. 당신은 당신 주변과 마음속에서 매일 일어나는 작은 일에 대해서 감사할 수 있습니다. 긍정적으로 생각하세요. 감사하는 마음을 갖게 되면 만족하게 됩니다.

인생은 '사랑 아니면 여행이다'를 SNS 화면에 올려둔 지가 몇 년째다. '싸면 떠난다'라는 밴드를 만들어 비수기 시즌에 비행기 가격이 저렴하면 없는 이유를 만들어서라도 떠나는 편이다. 내 고향 부산을 떠나 제주에 와서 산 지가 벌써 25년 차다. 제주는 배나 비행기를 타야 육지로 나가야 하는 특성상, 항공료 가격을 생각하지 않을 수가 없다. 잠깐 쉬는 여유가 생기면 지역 상관없이 왕복 항공료를 검색한다. 특별한 목적지가 있는 경우도 있지만, 그렇지 않은 경우도 더러 있다. 그날도 잠깐의 여유가 생겨 즐겨 찾는 사이트에 접속했다. 제주-대구 구간이 만 원으로 눈에 쏙 들어왔다. 대구에 가야 할 이유가 생겼다.

2016년 계간지 《시와 소금》을 통해 등단을 하고 인연을 맺은 사람들이 많다. 그중에서도 대구에 살고 있는 김도향 시인과의 인연이 그러하다. 시인은 2017년 등단을 했고, 해마다 열리는 행사에 참여하면서 알게 되었다. 어느 여름 남이섬을 같이 걷다가 시인이 살고 있는 곳을 알게 되었고, 꼭 놀러 오라는 말을 새겼다. 간다고 하면 가는 사람이기에 바로 그다음 해 대구 팔공산 뒷자락 천성암을 찾게 되었다. 그녀는 반갑게 맞아주었고 손수 만든 음식으로 정성껏 대접해 주었다. 첫 번째 시집 퇴고를 할 때도 천성암에 며칠 머물며 신세를 지기도 했다. 첫 시집이 나오고 제주에서 출판기념회를 할 때도 귀한 걸음을 해준 고마운 시인이다. 늘 친정언니처럼 품어주는 김도향 시인이 있어서 대구는 일 년에 한두 번은 꼭 찾게 되는 곳이 되어버렸다. 그래서 나에게 대구는 제주 다음으로 또 다른 고향이 되었다.

대구에 자주 가다 보니 생각지도 못한 에피소드가 하나 생겼다. 제주에서 17~18년을 살다가 다시 고향인 대구로 간 언니네가 있다. 내가 대구를 자주 가다 보니 언니의 남편이 "가인이 엄마, 대구에 남자 있는 거 아니냐?"라는 말을 했다고 한다. 언니한테 웃으며 말했다. "언니야, 있다고 하지. 과묵하고 백만 불짜리 미소를 가진, 기타를 항상 들고 있는 남자. 그 남자 보러 온다고 말이야." 대구에 가면 반드시 김광석거리와 막창골목은 도장을 찍고 온다. 천성암 덕분에 시도 건지고 마음의 휴식처도 찾고 참으로 고마운 곳이다. 그리고 김도향 시인이 연결해 준 시집전문책방 〈산 아래 시〉에서 내 첫 시집도 판매되고 있다. 《사람이 흐르다》라는 제목 덕분에 은근 베스트셀러라며 사장님이 기분 좋은 농담을 전해 주신다.

오는 가을에도 그녀가 살고 있는 천성암에 가려고 한다. 빨간 단풍보다 더 환한 미소로 맞아줄 시인을 떠올리며 덩달아 웃어 본다. 제3의 고향 대구, 시를 통해 알게 된 인연. 내가 글을 쓰는 사람임에 감사하게 된다. 이 모든 것이 글을 쓰는 사람이기에 가능한 일이니까. 세상에는 두 부류가 있다고 한다. 글을 쓰는 사람과 글을 쓰지 않는 사람. 나는 잘 쓰든 못 쓰든 계속 글을 쓰는 사람으로 살아가려고 한다. 주위에 글을 쓰는 사람이 더 많이 늘어났으면 좋겠다. 오늘도 글 한 줄 쓸 수 있음에 감사하며 새로 산 펜을 집어든다.

결의

죽음이 물었다,
어떻게 살 거냐고

결의는 어떤 일을 이룰 때까지 자신의 모든 노력을 집중하겠다고 굳게 마음먹는 것입니다. 쉽지 않은 일일지라도 혼신의 힘을 다하겠다고 다짐하는 것입니다. 힘이 들거나 시련이 있어도 기필코 목표한 바를 성취하겠다는 의지가 당신에게는 있습니다. 결심을 거듭 새롭게 다짐함으로써 당신은 꿈을 현실로 만들 수 있습니다.

요즘 이어령의 마지막 노트 《눈물 한 방울》을 읽고 있다. 죽음을 앞두고 저렇듯 의연할 수 있나 싶다가도 중간중간 삶에 대한 의지와 어머님의 영정 앞에서 엉엉 울었을 선생님의 모습이 떠올라 뭉클함과 안타까움이 동시에 올라왔다. 육필 원고를 들여다보며, 점점 힘이 빠져서 글씨체가 흐려진 부분에서는 죽음을 목전에 두었음을 바로 알아차릴 수 있었다. 죽음 직전까지 책과 글을 손에서 놓지 않으셨던 이어령 선생님의 모습을 보며, 나는 과연 죽음 앞에서 어떤 모습일지를 생각해 본다.

그에 앞서 내가 제일 먼저 접한 죽음이 떠올랐다. 20대 초반 우리 남매를 돌봐주셨던 외할머니의 죽음이다. 연락을 받은 뒤, 버스를 타고 넋이 나간 사람처럼 이모 집에 도착했던 기억이 난다. 이모, 외삼촌, 부모님께서 둘러앉아 계셨고 병풍 뒤 외할머니와는 인사를 다 하신 듯했다. 그땐 무슨 정신이었는지 모르겠다. 병풍 뒤로 달려 들어가 꺼이꺼이 울며 할머니를 외쳤던 기억이 아직도 선명하다. 이모들은 "선화야, 이러면 안 된다."면서 나를 말리셨다. 할머니와의 작별 인사를 하게 두었더라면 어땠을까? 조용히 뒤로 들어가 할머니와 인사하는 시간을 주었더라면 후회가 덜했을지도 모르겠다.

죽음은 늘 멀리 있다고만 생각했다. 이제 한 오십 되고 보니, 죽음을 대비하고 준비해야겠다는 생각이 든다. 가깝게는 부모님의 영정사진도 미리 찍어두어야 할 것 같고, 살아생전에 당신이 돌아가시면 어떻게 해주기를 바라는지도 미리 이야기해 두면 좋을 것 같다.

몇 년 전, 사촌 형님이 오랜 암 투병 끝에 돌아가셨다. 그때 영정사진을 보며 한참을 울었던 기억이 난다. 영정사진은 건강하고 밝은 모습의 사진이면 좋겠다는 생각을 그때 했다. 아픈 모습의 사진은 가족들에게 더 큰 슬픔으로 남을 것 같다.

30년이 지난 현재도 돌아가신 할머니를 기억하는 것은 추억이 많기 때문이다. 함께 먹었던 음식, 걸었던 길, 좋아했던 냄새 등 추억은 많은 것들을 동반한다. 음식점 계산대 앞 박하사탕만 보아도 할머니가 떠오르는 것은 평소 좋아했던 사탕이기도 하지만 잘 싸둔 그 사탕을 꺼내어 주시는 할머니의 정성이 느껴지기 때문이다. 그것은 사탕이라고 이름 불리울 뿐, 손주에 대한 사랑이고 무한한 애정이다. 그래서 나도 아이들과 많은 추억을 만들려고 한다. 내가 이 세상에 없더라도 우리 가족들과 내가 아는 사람들은 나와의 추억을 떠올리며 나를 기억하겠지. 따뜻하고 다정하고 친절하고 사랑이 낳았던 사람으로 기억되길 원한다. 책을 좋아했던 사람으로 여행을 즐겼던 사람으로 좋은 것을 나눌 줄 아는 사람으로, 함께 있으면 편안하고 미소가 지어지는 그런 사람으로 말이다. 내일 죽을 것이라고 생각하고 오늘을 산다면, 일 분 일 초도 허투루 사용하지는 않겠지. 내일 죽음의 그림자가 나에게 드리워진다면 할까 말까 망설이고 주저하지는 않겠지. 내일 죽을 것처럼 오늘을 살고, 내일 못 볼지도 모르니 현재 내 옆에 있는 사람에게 집중하고 최선을 다하며 살자고 다짐해 본다. 죽음을 생각하다 보면 지금의 삶에 더 집중하게 된다. 오늘이라는 이 시간이 더 귀하고 소중하다. 그래서 죽음은 두렵고 무서운 것이 아니라, 오늘을 더 잘 살게 하고 싶게 만드는 힘이고 원동력이다.

집 밖을 나가게 된 이유

기뻐함이란 내면의 평화와 행복을 찾아 음미하는 것입니다. 우리는 삶 속에서 매일 새롭게 제공되는 선물에 감사할 수 있습니다. 그러한 기쁨이 없다면 우리의 행복은 일상의 재미가 사라질 때, 그와 함께 사라지게 됩니다. 슬픈 일을 당했을 때도 그러한 기쁨이 있으면 우리는 그로부터 어려움을 견뎌낼 힘을 얻습니다. 기쁨은 우리에게 날개를 달아줍니다.

감기몸살로(코로나19일 확률 70%) 3일 동안 두문불출하고 있다가 4일 만에 집 밖을 나가게 된 이유가 있다. 오랫동안 책모임을 같이 하던 언니가 그토록 원하던 책을 출간했다. 오래전부터 책이 나올 거라는 것을 알고 기다리고 있었기에 마치 내일처럼 기뻤다. 더운 여름이지만 마스크를 하고, 책을 팔고 있다는 '노형서적'으로 향했다. 서점 입구에 언니가 알려준 제목의 책이 떡하니 진열되어 있었다. 빛의 속도로 책을 사서 계산을 하고 나왔다. 그림책과 자신의 이야기를 잘 반죽하여 썼을 책의 내용이 궁금했다. 우선 언니 작품만 골라서 읽어보았다. 역시 아는 사람의 글이라 그런지 내용이 쏙쏙 들어오고 공감이 팍팍 되었다. 언니의 평소 삶을 대하는 태도와 살아온 삶들이 그림책과 어우러져 잘 표현되어 있었다. 그림책도 좋아하고 여행도 즐기고 긍정적으로 사람과 삶을 대하는 방식이 나와 비슷했다. 아니, 거의 같았다. 그런 언니가 염원하던 책을 내고 그 책이 서점에서 판매된다고 하니 내 일처럼 기뻤다. 기쁘고 축하할 일은 만사를 제쳐두고 달려가는 나인지라 감기로 3일 동안 몸져누웠다가 벌떡 일어났다. 나를 일으킨 건 지인의 기쁜 일이었다. 기뻤고 더불어 행복했다. 글 쓰는 사람만이 누릴 수 있는 충만함이었다. 쓸 때는 힘들고 아프고 펜을 놓고 싶을 때도 있지만, 잘했건 못했건 결과물이 나왔을 때의 기쁨이란 마치 자식을 출산했을 때의 느낌과 유사하다. 갓 태어난 자식은 밉든 곱든 얼마나 아깝고 예쁜가? 글 쓰는 사람의 마음은 바로 그런 것이다. 아마 언니의 마음도 지금 그럴 것이다. 첫 책이라 부끄럽기도 하겠지만 뿌듯함과 기쁨이 우선일 거다. 나 또한 그랬으니까. 첫 시집은 멋모르고 낸 거라 기쁘기만 했고, 책이 한 권 한 권 나올 때마다 쥐구멍에라도 숨고 싶을 만큼 부끄러웠다. 그래도 뭐 어쩌겠는가? 이미 책은 나왔고 누가 뭐라건 그건 내 새끼니까 버릴 수도 숨길 수도 없다. 이후로 더 책임감을 가지고 쓰는 사람이 되면 되는 것이다. 언니의 글을 읽고 다시금 내 마음에도 환한 불이 켜졌다. 세상에서 내 얘기를 가장 잘 쓸 수 있는 사람은 나이므로 다시 용기를 내어 글을 써보려고 한다. 그래서 어쩌면 지금 이 글을 쓰고 있는지도 모른다. 그림책 에세이 한 권을 읽고, 다시금 잠시 멈추었던 연필이 하얀색 A4 용지 위로 쓱싹쓱싹 빠른 속도로 지나가고 있다. 연필심이 뭉뚝해질 때까지 나의 글쓰기는 계속될 것이다.

나무 같은 사람

기지는 진실을 말하되 상대방의 심정을 고려하여 그것을 친절하고 부드럽게 표현하는 능력입니다. 기지를 발휘하면 사람들은 당신이 하고자 하는 말에 귀를 더 잘 기울이게 됩니다. 말하기 전에 한 번 더 생각해 보세요. 기지는 다리를 놓아줍니다.

플라타너스 그늘 아래, 까르르 까르르 여중생들의 웃음소리가 하늘 높은 줄 모르고 울려 퍼진다. 점심을 먹고 삼삼오오 짝을 지어 운동장 한켠에 자리 잡은 벤치에 나란히 앉아 무슨 이야기가 그리도 재미있는지 쉴 틈이 없다. 그 속에서 늘 조용히 미소만 머금은 채 나의 이야기를 잘 들어주던 내 친구 수아. 공부도 잘하고 글씨도 반듯반듯, 선생님들도 좋아하고 친구들과도 원만하게 잘 지냈던 친구는 나의 단짝 중 한 명이었다. 나는 부반장, 친구는 반장. 우리는 회의도 같이 진행하고 학교 축제 가람제도 준비하면서 함께하는 시간이 많았다. 학교 수업이 끝나면 방앗간 참새처럼 교문 앞 분식점에 들러 동그란 뻥튀기에 아이스크림 두 덩이를 꾹꾹 눌러주는 아주머니와 눈도장을 찍는 건 일과 중 하나였다. 햇살 강렬한 여름이면 녹아서 뚝뚝 떨어지는 아이스크림을 신주단지 모시듯 했던 소중한 학창 시절. 시험기간이면 친구네 집에 가서 어머니가 쪄주신 고구마와 우유를 먹으며 열심히 문제지를 풀었던 그 시절. 벌써 40여 년 전 이야기가 되어버렸다.

석 달 전, 그 친구에게 전화가 왔다. 잘 있냐는 안부전화인데, 애써 밝은 척하는 친구의 목소리가 전해져 왠지 짠했다. 오랜 친구의 목소리는 미세한 떨림조차도 느껴지는 법이다. 수화기 너머로 표정까지도 짐작이 된다. 친구를 잘 알기에 그냥 아무 말도 하지 않고, 빈 숙소가 있으니 놀러 오라고만 했다. 지인분이 비어있다고 저렴하게 알려주신 원룸인데 그 친구가 며칠 쉬어가면 좋겠다는 생각이 들어 얼른 그 말부터 꺼냈다.

친구도 흔쾌히 좋다고 했다.

친구는 비행기 티켓팅을 하고 제주로 올 준비를 했고, 나도 수업 일정을 조절하면서 친구랑 어떻게 보낼 것인가를 계획했다. 머릿속이 복잡한 친구를 며칠 잘 먹이면서 쉬게 하고 싶다는 생각뿐이었다. 지인이 빌려준 숙소는 3일만 예약하고, 딸이랑 놀러 가려고 예약해 둔 예쁜 펜션을 친구에게 깜짝선물로 쓰기로 했다.

친구가 먼저 이야기를 꺼내기 전에는 미리 묻지 않기로 했다. 대강의 사정은 알고 있었지만, 일단은 모르는 척하는 것이 좋을 것 같았다. 공항에서 만난 친구의 얼굴은 살짝 어두워 보이긴 했지만, 나를 보자마자 금세 환하게 웃었다. 아끼던 힐링 장소들을 친구에게 자랑하듯 하나씩 꺼내놓았다. 백년 한옥집-수제청이 맛있는 카페에 데리고 가서 달콤함으로 살살 녹여주고, 함덕 바닷가로 데려가 걱정보따리를 바닷속으로 풍덩 던져 버리고, 조천 짬뽕 맛집에서 매운맛으로 머릿속 복잡한 생각들을 멈춰버리게 했다. 친구가 이마에 맺힌 땀방울을 손수건으로 닦으며 웃고 있다. 웃고 있는 저 속은 어떨까 싶다가도 '인생 뭐 별거 있나.' 싶은 생각에 덩달아 웃어 버린다. 4박 5일의 힐링 여행을 마치고 친구는 제자리로 돌아갔다. 서울에 잘 도착한 친구에게 문자가 왔고, 다시 힘을 내어 잘 살아보겠다는 반가운 소식도 전해주었다.

'내 슬픔을 등에 지고 가는 자'라고 인디언들은 친구를 정의한다. 하지만, 그 슬픔을 내가 다 지어줄 수는 없고 조금 나누어서 질 수는 있을 것 같다. 각자의 슬픔과 아픔은 크건 작건 있기 마련이고 잘 버티어 내는 것은 본인의 몫이겠지. 다만, 옆에서 묵묵히 들어주는 한 명의 벗만 있다면 조금은 힘을 낼 수 있지 않을까?

주변 사람들에게도 그런 존재가 되고 싶다. 내가 만나고 있는 마음이 아프고 힘든 친구들에게도 흔들리고 지칠 때 옆에서 살짝 기댈 수 있는 나무 같은 사람이 되고 싶을 뿐이다.

내 친구 수아랑 조만간 같이 여행을 가기로 했다. 함께 계획을 세우고, 즐겁고 행복한 생각을 하다 보면 부정적인 생각과 슬픈 감정에서 조금은 멀어지지 않을까? 달이 휘영청 밝은 음력 15일이다. 플라타너스 나무 밑에서 환하게 웃던 친구의 얼굴이 보름달 안으로 가득하다.

끈기

우리는 모두 아플 수 있다

끈기는 초지일관 꾸준히 나아가는 자세입니다. 자신이 세운 목표에 전념하여 장애가 얼마나 크든, 시간이 얼마나 걸리든 그것을 극복해 나가는 것입니다. 끈기가 있으면 포기하지 않습니다. 계속해서 한 걸음씩 앞으로 내디딜 수 있습니다. 당신은 폭풍우를 헤쳐 나가는 배입니다. 부서지지도 뱃길을 이탈하지도 않습니다. 단지 파도를 탈 뿐입니다.

COVID-19 덕분에 삶의 많은 부분이 달라졌다. 체육관도 문을 닫아서 새벽 에어로빅도 쉬게 되었고, 사람들과의 만남도 부쩍 줄었다. 20년 동안 새벽운동을 멈추지 않았던 나로선 운동을 못 하게 된 시기가 굉장한 스트레스로 다가왔다. 새벽 4시면 눈이 떠지는 오랜 습관이 달라질 리 없었다. 그래서 걷는 것도 좋아하고 새벽 시간도 활용하자는 의미에서 산행을 택했다. 새벽에 출발해서 윗세오름 정상에 도착할 때쯤이면 산 위로 새빨간 일출의 광경을 마주하며 황홀감에 젖고는 했다. 일주일에 한 번, 한라산 정상을 포함해 총 50번이 넘는 산행을 했다. 일 년 동안 산 마니아가 된 것이다. 처음에는 운동이 목적이었는데, 후반부로 갈수록 새벽 산행의 매력과 함께 간 사람들의 행복한 모습에 중독 아닌 중독이 되고 말았다. 그리고 그와 더불어 무릎의 통증도 같이 시작되었다. 통증의학과 선생님께서는 산행 금지령을 내렸고, 물리치료와 주사를 산행한 횟수만큼 성실히 받았다. 매일 움직이던 사람의 움직임이 덜해지고, 평소의 운동량도 1/10로 감소하니 여기저기 살이 붙기 시작했다. 앞자리의 숫자가 바뀌기 일보 직전이었다. 그리고 그때부터 아랫배가 불룩한 것이 뭔가 느낌이 이상했다. 처음엔 단순히 '살이 찌나 보다.'라고만 생각했다. 그런데 밤에 화장실 가느라 잠도 제대로 못 자고, 다녀와도 잔뇨감이 남아 있고 변비도 심해지는 등 몸에서 여러 가지 증상들이 나타나기 시작했다. 다른 것은 빨리 알아차리면서 왜 내 몸에서 일어나는 일들에 대해서는 느긋하게 바라보았을까? 지금 생각해보면 미련했다. 갱년기가 되면 살도 찌고 밤에 잠도 안 온다는 주변 사람들의 말만 듣고, 그냥 '누구나 다 그런가 보다.'라고만 생각했다. 그때 의심했어야 했다. 몸에서 일어나는 변화를 예민하게 알아차렸어야 했다. 몇 개월이 지나서야 심상치 않음을 느끼고 병원을 찾았다. 의사선생님께서 내진을 하자마자 화들짝 놀라시며 의사 생활 20년 만에 이렇게 큰 혹은 처음이라며 어서 대학병원에 예약하고 수술 날짜부터 잡으라고 하셨다. (21cm의 혹을 내가 품고 있었다.)

이 무슨 날벼락인가? 건강의 아이콘이고 '철인 28호'라는 별명을 가질 정도로 탄탄했던 내 몸에 무슨 일이 일어난 걸까? 건강검진도 꼬박꼬박 했는데 자궁 뒤쪽에서 자라고 있던 혹은 쉽사리 발견되지 않은 모양이다. 제주대학병원은 의사선생님을 만나기 위해 일정을 잡는 것만도 3주나 걸린다고 했다. 그래서 다른 병원들을 찾았고, 소견은 모두 같았다. 혹이 너무 커서 개복수술은 당연하고 세로 절개를 해야 한다는 것이었다. 남편과 상의 끝에 수술은 서울에서 하기로 결정하고, 서울삼성병원 홈페이지로 들어가 일정을 잡았다. 제주 병원에서 받은 자료들을 가지고 삼성병원 의사선생님과 상담한 결과, 소견은 달라지지 않았다. 자궁과 나팔관은 제거해야 한다는 것이었다. 달라진 것이 있다면 그나마 가로 절개를 한다는 것이다. 30년 동안 산부인과 의사셨던 사촌 형부께서는 내가 폐경이 다 되어가니 수술하지 말고 조금 기다리라는 말씀도 하셨다. 그런데 혹이 너무 커서 모든 장기를 누르고 있는 상황이라 일상이 불편한 나로선 결단을 내릴 수밖에 없었다. 겨우겨우 수술 날짜를 잡았고, 2022년 8월 5시간의 긴 수술을 했다. 혹이 위치한 자리가 나빠서 의사선생님도 수술진행 과정에서 무척 힘들었다고 하셨다. 남편도 보호자 대기실에서 5시간 동안 꼼짝도 하지 않고 기도하듯 기다렸다고 하니, 지금 생각해 보면 얼마나 애가 탔을까? 미안하고, 고마운 마음만 한가득이다. 수술을 마치고 회복실로 돌아온 나는, 가족의 손을 붙들고 소리 없이 울었던 기억이 난다. 무사히 수술이 끝났다는 기쁨과 애태우며 기다렸을 가족에 대한 미안함, 나를 위해 기도해 준 많은 사람들에 대한 고마운 마음들이 한꺼번에 뒤섞여 올라온 눈물이었을 것이다. 회복은 눈에 띄게 빨랐다. 건강해서 혹이 빨리 자란 것도 맞고, 건강하니 회복 또한 다른 사람보다 몇 배는 빨랐다. 건강의 아이콘이었던 내가 이런 수술을 하고 나니 주변 사람들도 놀랐지만 제일 놀란 건 바로 나다. 운동을 매일 하고, 건강 관리도 잘하고, 많이 걷고, 소식했는데 내 몸에서는 그런 일들이 일어나고 있었던 것이다. 누가 아프다고 하면 절대 "건강 관리 좀 해라." 이런 말은 함부로 하면 안 될 것 같다. 아무리 관리해도 이런 일은 생기니 말이다. 몸이 아프다고 하면 자신의 생활 태도나 습관이 잘못되어서 그런가? 자신한테 무슨 문제가 있었던 건 아닌가? 이런 자책감이 들곤 하는데 그게 전부는 아님을 이번 일을 통해서 절실하게 느꼈다. 누구에게나 병은 찾아올 수 있고, 우리는 모두 크든 작든 아플 수 있다. 아프다고 말할 수 있고, 그 말을 듣고 경험을 공유할 수 있는 편한 공간들이 많이 생겨나길 바란다. 몸이 아픈 사람이 혼자 빈방에 갇혀 마음까지 아프지 않길 진심으로 바란다. 난 요즘 다시 걷고 뛰기 시작한다. 예전처럼 날아다니진 못하겠지만, 다시 내 몸을 의지대로 움직일 수 있어서 좋다. 내 코가 정강이에 닿아서 기쁘고, 왼쪽 손등이 왼쪽 날개뼈 위로 가까이 다가가서 행복하다. 내 두 손이 등 뒤에서 다시 합장하는 그날까지 걷고 뛰기는 계속될 것이다. 끈기를 가지고 꾸준히, 서두르지 않고 한 걸음씩 하다 보면 좋아질 거라고 믿는다.

운수 좋은 날

너그러움은 베풀고 나누어 주는 것입니다. 대가를 바라지 않고 주는 것입니다. 당신은 사람들을 행복하게 해 줄 수 있는 방법을 찾을 수 있습니다. 주는 것 자체가 당신의 기쁨이 될 수 있습니다. 너그러움은 당신의 기쁨이 될 수 있습니다. 너그러움은 상대방에게 자신의 사랑과 우정을 보여주는 가장 좋은 방법이 될 수 있습니다.

오일장을 다녀왔다. 여행 갈 때 입을 예쁜 원피스도 사고, 저녁에 먹을 반찬도 샀다. 종이컵 하나에 2천 원 하는 번데기를 딸이랑 하나씩 먹기로 했다. 자주 가는 단골집 앞에 도착했다.

지난 장날부터 번데기 값이 3천 원으로 올랐다고 했다. 잠깐 당황하다가 한 개만 사서 나눠 먹었다. 꽃집 골목을 지나 돌아나오다가 양파와 오이도 샀다. 2통에 만 원 하는 수박을 사고 싶었지만, 손에 잔뜩 들려있는 물건들 때문에 아쉬워하며 시장을 빠져나왔다. 몸은 주차장 쪽으로 가고 있는데, 오른쪽 눈은 수박을 향해 있었다. 집으로 돌아와 저녁 준비를 하고 있는데, 신엄에 살고 있는 친구에게 문자가 왔다. "수박 가져가서 먹어요." "앗싸, 오늘 오일장에서 수박 안 사길 잘했네." 간밤에 수박 먹는 꿈을 꾸며 기분 좋게 잠에서 깨어났다. 다음 날, 수박을 핑계로 친구 얼굴도 볼 겸 카페에 들렀다. 농사지은 수박을 나누어주는 그 마음이 참 고맙다. 창고 위치를 친절하게 알려주며 수박 4통을 가지고 가라고 했다. 친구가 운영하는 카페에서 5분 거리에 있는 창고였다. 차 한잔을 마시고 창고로 향했다. 탁 트인 창고 한켠에 동글동글 수박들이 플라스틱 받침대 위에 놓여 있었다. 집에 김치냉장고도 없고, 너무 큰 수박은 냉장고에 안 들어갈 것 같아서 중간 크기로 4개를 골랐다. 신생아 아기를 안듯이 수박을 소중히 안아서 조수석 바로 앞에 조심히 내려놓았다. 네 덩이의 수박은 서로를 의지하며 바닥에 옹기종기 모여 있었다. 수박을 싣고 오는데, 평소보다 운

전이 조심스러웠다. 네 덩이가 서로 맞대고 있긴 하지만, 운전을 세게 하면 이리 쿵 저리 쿵 할까 봐 속도를 내진 않았다. 냉장고는 다른 음식들로 가득 차서 네 덩이를 다 넣을 수는 없었다. 일단, 한 덩이를 반으로 잘랐다. 칼을 대자마자 기다렸다는 듯이 '쩍' 소리와 함께 빨간 속을 보여주었다. 반은 깍둑썰기를 해서 통에 담고, 반은 믹서기로 갈아서 수박주스를 만들었다. 수박 농사짓는 친구 덕분에 갑자기 수박 풍년이 되었다. 냉장고에 들어가지 못한 수박이 걱정되었다. 다음 날 만난 친구에게 한 통 주고, 남편 출근길에 시댁에도 한 통을 보냈다. 오늘 드디어 마지막 수박의 속을 들여다보는 날이다. 반은 잘라 깍둑썰어서 냉동실에 넣었다. 수박주스를 만들 때 냉동된 것과 같이 갈면 슬러시처럼 먹을 수 있어서다. 나머지 반은 잘라서 냉장고에 넣어뒀다가 시원하게 먹었다. 나눔을 해 준 친구의 수박 덕분에 원 없이 수박을 며칠 동안 먹었다. 저녁 식사 시간에 "마지막 수박이야." 하고 올려놓는다. 새빨간 수박이 씨를 품고 웃고 있다. 친구의 환한 미소처럼 말이다. 친구의 나눔 덕분에 수박을 실컷 먹은 운수 좋은 날이다.

길
위
에
서
만
난
사
람
들

누군가에게 도움을 준다는
것은 그들에게 봉사하고 그들의 삶이 달라질 수 있도록 사려
깊게 행동하는 것입니다. 도움을 청할 때까지 기다리지 말고
당신이 먼저 도움을 주세요. 도움이 필요할 땐 요청하세요. 서
로 도우면 우리는 많은 것을 얻게 됩니다. 우리는 우리의 삶을
좀 더 편안하게 만들 수 있습니다.

산티아고 최종 목적지까지 5일 남았다. 길을 걸을 때는 이
길의 끝이 오긴 올까? 생각하면서 걸었는데, 이제는 며칠 남지
않았다고 생각하니 아쉬운 마음도 슬며시 올라온다. 진짜 읽

고 싶은 책을 시간 가는 줄 모르고 읽다가 마지막 페이지를 남겨두고 야금야금 아끼며 읽게 되는 심리랄까? 아무튼 매일매일 바뀌는 숙소를 상상하며 걷는 것도 꽤나 재미있는 경험이었다.

유럽의 햇빛은 제주와는 달리 더 강렬하고 뜨거웠다. 하루 종일 걷는 우리는 선크림을 듬뿍 바르고 모자에 선글라스까지 착용해서 완벽하게 햇빛으로부터 차단을 했다. 유럽인들은 일부러 카페에 나와서 햇볕을 쬐고 있는데 말이다. 산을 한 개 넘어서 도착한 스페인 숙소는 200년 된 돌집이었다. 주인아주머니는 말이 엄청 빠르셨는데 자신을 베고니아라고 소개했다. 우리가 잘 알고 있는 꽃 이름. 그 이름처럼 활발하고 예쁜 미소를 가진 베고니아는 우리를 독채로 안내했고, 신생 숙소라 깨끗하고 좋았다. 넉넉한 인상의 주인아저씨는 자신을 기타리스트라고 했다. 오후 6시부터 돌집 근처 별채에서 공연이 있으니 놀러 오라고 당부를 했다. 우린 선베드에 누워 조금 쉬었다가 저녁을 해결했다. 저녁을 먹고, 주변을 산책하다가 주인장의 작업장 근처를 지나가게 되었다. 그리고 이야기를 하던 도중 깨진 선글라스를 보여드렸다. 순간접착제만 조금 얻으려고 보여준 건데, 주인장이 웃으시며 고쳐보겠다고 하셨다. 알고 보니 주인장이 악기를 만드는 장인이셨다. 정말 신기하게도 선글라스가 부러진 시점에 하필이면 악기 고치는 장인의 숙소에 묵게 되다니…… 주인장은 걱정하지 말라며 산티아고데콤포스텔라에 도착할 때까지는 쓸 수 있게 해주신다며 센스 있는 농담까지 하셨다. "감사합니다. 종착지까지만 선글라스 쓸 수 있게 해주세요." 인사를 몇 번이나 했는지 모른다. 이리저리 안경을 돌려보시더니 결국은 장인도 '접착제'를 이용해서 붙여주셨다. 5분 정도는 건드리지 말라며 다 되면 갖다 줄 테니 숙소로 가서 기다리라고 했다. 유쾌하고 친절한 부부 덕분에 쉬는 동안 행복했다. 작업장도 보여 주시고, 우리 셋만을 위해 악기 연주도 해주시고, 와인창고도 보여주셨다. 이렇게 길 위에서 만난 사람들은 모두가 친절했다. 하나라도 더 내어주려는 모습에서, 나도 제주에 오는 외국인들을 더 친절하게 대해야겠다고 다짐했다. 다음 날 일찍 출발해야 하는 우리는 짐을 꾸리기 위해 인사를 하고 나왔다. 아침에 나갈 때 열쇠는 식탁 위에 두고 가라고 했다. 다음 날 새벽, 길을 나서기 위해 문을 열었는데, 입구 식탁 위에 내 선글라스가 곱게 놓여 있었다. 중간에 희미하게 본드 자국이 있긴 했지만, 내 눈에 그건 보이지 않았다. 친절한 스페인 부부의 유쾌한 웃음소리만이 공간을 가득 메웠다. 남은 5일은 가볍고 행복한 마음으로 걸을 수 있을 것 같았다. 우리가 하는 말에 귀 기울여 주고, 우리의 도움을 바로 알아차리고 마음을 내어준 부부에게 진심으로 감사의 마음을 전한다. 우리는 푸르스름한 새벽길을 훈훈한 마음을 안고 천천히 걷기 시작했다.

몽
캐
는
책
고
팡

목적의식이 있다는 것은 관심의 초점이 분명하다는 것입니다. 먼저 당신이 이루고자 하는 일을 머릿속에 그린 다음, 자신이 정한 목표에 집중하세요. 에너지를 분산시키지 말고 한 번에 하나씩 하세요. 원하는 일이 일어나기를 기다리지 마세요. 목적의식이 있으면 당신은 자신이 원하는 일이 일어나게 만들 수 있습니다.

글쓰기 첫 수업이 있는 날, 조금 일찍 서둘러 10시 10분쯤 도착했다. 감기 기운이 있어서 바로 내리지 않고 차에서 기다렸다. 주변의 인기척을 느끼고 차에서 내려 서점 안으로 들어갔다.

몇 년 전부터 알고는 있던 서점이었는데, 올 때마다 문이 닫혀 있어 발길을 돌려야 했던 곳이었다. 오늘 드디어 내게 문이 열렸다. 서늘한 기운을 느끼며 들어선 서점 안에는 이미 손님 한 분이 와서 서성거리고 있었다. 주인장과 통화를 했고, 본인도 기다리면서 서점 이곳저곳을 둘러보고 있다고 했다. 일단 스위치 위치를 확인해 불부터 켜고, 시린 발끝을 동동거리며 나 또한 낯선 서점 안을 기웃거리기 시작했다. 곧이어 손님 한 분이 더 합류했고, 우린 같이 보일러 전원 스위치를 찾았다. 입구 오른쪽 코너에서 스위치를 발견하고는 전원을 눌렀으나 불이 들어오지 않았다. 둘은 고개를 갸우뚱거리며 "고장난 건가?" "설마요?" 어색한 대화를 주고받으며 주인장을 기다리기로 했다. 곧이어 '몽캐는 책고팡' 주인장이 나타나셨고, 네모난 책상 위로 널찍한 담요 이불을 펼쳐서 우리를 따뜻한 보금자리로 이끌었다. 초록색 담요 안에서 우리만의 보드라운 이야기가 피어났다. 가만히 앉아서 다시 책방 안을 둘러보았다. "주인장님, 조금만 손보면 이 공간 엄청 예쁠 것 같아요." 실례되는 질문이었음을 주인장의 돌아오는 답변에서 느낄 수 있었다. 내가 보기에는 미완성의 공간이 주인장에게는 완성의 공간인 것을. 섣부른 나의 질문이 주인장에게 폐가 되지 않았기를 뒤늦게 후회해 본다. 다섯 명의 온기로 공간은 이내 따뜻해졌다. 주인장이 내어 온, 시골다방에서나 볼 수 있었던 찻잔이 정겨워 보였다. 초등학교 때 중국음식점에서 보았던 찻잔 같기도 했다. 그때 주인아저씨가 음식이 나오기 전, 찻잔에 따뜻한 보리차를 주셨던 기억이 난다. 두 손으로 감싸고 '호호' 불며 먹었던 보리차. 눈을 감으니 따뜻한 보리차 한잔이 온몸을 훑고 지나간다. 선명한 찻잔이 추억을 소환하고 추억 속 온도까지 이 공간으로 불러내어 따뜻한 공간으로 만들었다. '몽캐는 책고팡'에서 앞으로 해야 할 것들이 이런 것이 아닐까 싶다. 사라져가는 것들을 지켜내고 그런 것들을 연결시켜서 서로에게 온기와 사랑을 전할 수 있는 곳. 벌써부터 마음이 몽글몽글해진다. 처음 들어설 때 움츠렸던 어깨가 펴지고, 시렸던 발가락이 지면을 다시 온전히 디디고, 냉랭했던 방 안의 공기가 조금은 부드러워졌다. 오늘 여기 온 감정이 설렘이었다면, 다음 시간부터는 신남이 아닐까 싶다. '작당'을 함께할 수 있는 벗들을 만난 것 같아 행복했다.

　'몽캐는 책고팡'은 몇 년 전 지인이 알려줘서 알게 된 곳이다. 내가 더욱 관심을 가진 이유는 내 첫 시집이 진열되어 있기 때문이었다. 알고 보니 지인의 사촌이 운영하는 독립책방이었는데 놀러 가서 보니 입구에 《사람이 흐르다》가 전시되어 있더라는 것이었다. 첫 시집을 출간하고 시들해져 가고 있을 무렵, 잠시 잊고 있었던 첫사랑처럼 다시 설렘으로 다가오게 해준 계기가 되어준 곳이다. 궁금해서 찾은 책방은 늘 문이 굳게 닫혀 있었고, 나중에서야 예약을 하고 와야 된다는 것도 알게 되었다. 그렇게 미리 예약을 하고 비로소 책방지기님을 만나는 순간. 오래된 집을 개조해서 만든 책방에 대한 애착심과 사라져가는 것들을 지켜내려는 강한 고집 같은 것이 온몸 전체에서 뿜어져 나왔다. 우린 그렇게 서로를 알게 되었고, 지기님은 작가보다 책을 먼저 알게 되었다며 진심으로 반겨주셨다. '몽캐는 책고팡'에서 북토크도 하고, 소모임들도 하나씩 열렸다. 지역 가게들도 홍보하고, 지역 작가들을 초대해 다양한 관심사들을 나누는 자리가 마련됐다. 덕분에 나도 하가리 근처에 있는 크고 작은 가게들의 사장님들을 알게 되었다. 우린 요즘도 작당을 하고 있다. 지기님의 기발한 아이디어와 발 빠른 내가 만나 조만간 멋진 일을 하나 벌여볼까 한다. 이루고자 하는 목표에 대해 분명한 비전을 가지고 집중해서 한다면, 좋은 결과를 얻을 거라는 걸 아니까 우리는 눈만 마주쳐도 웃음이 새어 나온다.

길들인 것에 언제까지나 책임이 있어

믿음직하다는 것은 무슨 일이든 믿고 맡길 수 있음을 의미합니다. 자신이 한 약속을 지키고 주어진 모든 일에 최선을 다하기 때문입니다. 믿음직한 사람은 책임감이 강합니다. 한번 약속한 것은 잊지 않아 다시 확인할 필요가 없습니다. 당신도 남들이 믿을 수 있는 사람입니다. 일이 당신의 손에 맡겨졌다는 사실을 알면 사람들은 안심할 수 있습니다.

언니에게 연락이 온 건 작년 8월이다. 평소 연락을 잘하진 않지만, 가끔 안부 문자 정도는 주고받는 언니였다. 겨울 눈길

41

을 걸으면서 8월의 영국 여행 이야기를 듣게 되었다. 일 년 동안 여행을 준비하며 역사, 문학 공부도 하고 영화도 보며 알차게 꾸리는 스터디팀이었는데 결원이 생긴 모양이었다. 여행을 좋아하는 나였기에 언니의 "여행 같이 가자."라는 제안에 깊게 생각도 하지 않고 덥석 내게 온 기회를 잡아버렸다. 무슨 일이든 이유가 있게 마련이고, 그 기회가 내게 선물처럼 온 것 같은 생각에 설렜다. 그즈음, 수술을 하고 몸을 회복하던 시기여서 잘 버텨준 나에게 여행을 선물하고 싶었기도 했다. 이래저래 모든 게 딱딱 맞아떨어져서 고민의 시간은 길지 않았다. 그래서 딸과 함께 여행을 떠나게 되었고, 그 덕분에 한영숙 교수님을 만나게 되었다. 교수님의 첫인상은 단호하고 카리스마 있고, 매사에 꼼꼼하신 분이셨다. 함께 공부하는 시간 내내 보이는 철두철미한 모습도 좋았고 잠깐씩 보이는 미소에서 부드러움도 보았다. 단톡방에서 느껴지는 느낌은 약속을 진지하게 생각하고, 답을 빨리 하지 않으면 가차 없으시고(빨리 결정해야 하는 부분이라 충분히 이해된다.) 당신 몫의 일을 기꺼이 하는 분이라는 것이었다. 어떤 일을 하든지 최선을 다하는 모습이 보여 '저분과 함께라면 어디라도 갈 수 있겠다.'라는 생각이 마구마구 샘솟았다. 딸에게 "가인아, 엄마는 한영숙 교수님이 지옥에라도 가자고 하면 갈 것 같다."라며 무한신뢰를 하게 되었다. 우리의 여행은 순조로웠고 영어를 잘하시는 교수님 덕분에 걸림돌 없이 모든 것이 순리대로 진행되었다. 그런데 여행인원이 많으면 요구사항도 많기 마련이다. 교수님이 겉으로는 웃으시지만 속은 얼마나 걱정이 많으실까 싶다. 그래도 묵묵히 자기 일을 해내시는 교수님을 보며 진짜 대단하다는 생각만 들었다.

나도 여행을 기획하고 사람들을 모아 작당하기를 좋아한다. 최근 아홉 명과 강원도 원주 책방투어를 한 적이 있었는데 생각지도 못한 변수들로 당황스러웠던 적이 많았다. 고작 2박 3일의 국내 여행도 힘든데, 보름간의 외국 여행이 녹록지 않을 텐데도 교수님은 흔들림이 없었다. 초반에 돌발상황이 생겼을 때도 일행이 알게 되면 감정의 동요가 생길까 봐 조용히 뒤처리한 이야기를 나중에 알게 되었을 때 '아, 리더는 정말 다르구나.'를 온몸으로 느끼며 한 수 배우는 순간이었다. 카리스마 있는 리더의 모습을 보여주면서도 한 사람 한 사람 살뜰하게 챙기는 모습을 보며 참 책임감 강하고 열정적인 사람이라는 것을 알게 되었다. 아~ 교수님과 함께라면 어디든 가고 싶다. 아니, 갈 수 있다. 교수님은 본인이 일 저지르는 것을 잘하는 사람이라고 말씀하셨다. 교수님이 앞으로 또 어떤 일을 저지를지가 진심으로 기대된다. 교수님이 더 무모하게 더 저돌적으로 일을 저질러주길 바라면서 나 또한 다른 일을 저질러볼까 기획 중이다.

《어린 왕자》의 한 구절이 생각난다. "네 장미꽃을 그토록 소중하게 만드는 건 그 꽃을 위해 네가 소비한 시간이란다." 여우가 말했다. "사람들은 이런 진리를 잊어버렸어. 하지만 넌 그것을 잊어선 안 돼. 네가 길들인 것에 언제까지나 책임이 있어. 넌 네 장미에 대해 책임이 있어……"

교수님께 이 구절을 큰 소리로 들려드리고 싶다. "교수님, 이제 전 교수님께 길들여졌어요. 교수님이 길들였으니 책임지셔야 해요."

다음번에 교수님을 만날 때는 옆구리에 《어린 왕자》 책을 끼고 나가야겠다. 그리고 슬며시 저 페이지를 보여드려야겠다.

배려

달
빛
에
취
하
다

배려란 주위 사람이나 사물에 관심과 애정을 기울이는 것입니다. 배려하는 마음으로 일을 하면 매사에 주의를 기울이고 최선을 다하게 됩니다. 사람들을 기꺼이 돕고 싶은 마음이 생기고, 존중하는 태도로 그들을 대하게 되며, 사물을 보다 조심스럽게 다루게 됩니다. 배려는 세상을 좀 더 안전한 곳으로 만들어 줍니다.

우리는 한 달에 한 번 달빛 아래 모여 춤을 춘다. 음력 15일의 달빛은 강력하다. 6월 달빛 명상은 청도의 사과나무 농장에서 이루어졌다. 깊은 산중이라 그런지 달빛이 깊고 그윽했다. 과묵하지만 은근한 미소를 보내며 안주인 옆에서 그림자처럼 움직이는 바깥주인을 닮았다. 들숨과 날숨에만 집중하며 맨발로 잔디를 걷는다. 달빛을 온몸으로 받으며 몸 구석구석의 감각을 알아차린다. 은근한 달빛에 취해 새소리, 바람 소리도 잠시 잊는다. 오롯이 달빛과 하나가 되었다. 늘어지게 낮잠을 자던 고양이들도 달빛과 하나 되어 몸을 일으켜 사뿐사뿐 걷고 있었다. 마치 오늘을 기다리기라도 한 것처럼 고양이의 등과 허리가 꼿꼿하게 펴져 마치 사람처럼 움직인다. 깜깜하던 사방이 달빛으로 조금씩 밝아지고 사물들이 모습을 드러내기 시작했다. 두 사람이 손을 맞잡는다. 모르는 사람이어도 상관없다. 각자의 호흡에만 집중하면 된다. 한 사람이 눈을 감고 뒷걸음으로 여행을 떠난다. 반대쪽 손을 마주 잡은 사람은 여행을 떠나는 사람을 안전하게 가이드한다. 온전히 눈을 감은 여행자에게 맞춰주고, 위험한 물건이 나타나지 않는 이상 계속 따라간다. 그렇게 한참을 여행하다가 눈을 뜬 사람이 여행을 원하면 눈을 감고 자연스럽게 뒤로 걷는다. 첫 여행자는 다시 안내자가 되어 상대방을 여행시켜 준다. 똑같은 행위임에도 상대에 따라 여행의 질은 달라진다. 초원 위를 사뿐사뿐 걷는 느낌이기도 하고, 물 위를 바람처럼 흘러가는 느낌이기도 하다. 상대를 배려하느라 짧은 여행을 마친 나는, 아쉬운 마음으로 현실로 돌아온다. 후기를 나누는 시간이 되었을 때, 솔직하게 느낌을 나눈다. 배려한다고 한 행동이 상대에게는 제한이나 걸림돌이 될 수도 있다. 상대가 배려라고 느끼지 않았다면 그건 배려가 아니다. 마치 자녀들에게 사랑이라고 했던 행동들을 그들은 사랑이라고 느끼지 못하는 것처럼. 우리들이 편하자고 한 이기적인 행동일 수도 있겠다고 생각하니 괜스레 아이들에게 미안하다는 생각이 들었다.

바람이 불어온다. 치맛자락이 물결처럼 움직인다. 마음이 간질간질 봄처럼 춤을 춘다. 잠시 눈을 감고 공간의 결을 느껴 본다. 내가 있는 곳이 어디인지 잠시 잊을 지경이었다. 다시 눈을 뜬다. 달빛은 가을날 사과처럼 무르익어 가고 우리들의 눈빛도 풍성해져 있었다. 제주에서 했던 달빛 명상과는 느낌이 달랐다. 산속 깊은 곳에서의 명상은 내면을 굽이굽이 골짜기로 만들어 더 깊고 그윽했다. 한 사람 한 사람 눈빛이 영롱하다. 우린 시선을 마주하며 달빛을 조명 삼아 서로를 축복으로 적신다. 참여자 중 한 분이 아이스 홍시를 가지고 오셨다. 반쯤 언 홍시가 입 안으로 들어오고, 달빛에 분홍빛으로 상기된 두 볼은 새 색시보다 고왔다.

봉사

가
만
히

들
어
주
었
어

봉사는 내 것을 남에게 제공함으로써 그들의 삶이 풍요로워지도록 도와주는 것을 말합니다. 당신은 자신이 필요로 하는 것만큼이나 다른 사람이 필요로 하는 것도 소중하게 여길 줄 압니다. 사람들이 도움을 청하기 전에 먼저 그들에게 도움의 손길을 내미세요. 모든 일에 최선을 다하고 탁월함을 발휘하세요. 봉사의 정신으로 일을 하면, 당신은 세상을 변화시킬 수 있습니다.

오늘도 나는 제주제일중 위클래스 문을 열고 들어간다. 그 아이와의 첫 만남을 선명하게 기억한다.

소울메시지카드를 들고 갔는데, 아이가 뽑은 카드의 메시지에서 '귀인'이 나왔다. 아이가 대뜸 하는 말 "선생님이 저에게 귀인이네요." 오~ 멘트 보소. 사람을 기분 좋게 하는 능력이 있는 녀석일세. 아이를 만난 건 3월의 마지막 날이다. 사전정보란에 적힌 글로만 알고 있던 녀석인데, 직접 만나보니 의외로 밝고 명랑한 친구였다. 올해 나에게 두 번째로 온 멘티 친구.

미리 걱정하는 편은 아니라, 구구절절 상황이 좋지 않은 아이인데도 크게 부담스러운 대상은 아니었다. '그냥 편하게 만나면 되지 뭐.' 하는 마음으로 나갔고, 진짜 그렇게 대했다. 첫날부터 마음 문을 활짝 열긴 쉽지 않은데, 감정카드와 타로카드로 호감을 얻어 조금은 마음의 빗장이 열린 것 같았다. 두 번의 만남 이후 아이에게 전화가 왔다. "선생님, 아버지가 돌아가실 것 같아요. 방금 응급실로 실려 가셨어요." 일단은 아이를 진정시켰고 아직 일어나지 않은 일이니 미리 걱정은 하지 말라고 했다. 그렇게 일주일이 흘렀고, 나도 코로나 확진으로 한 회기 상담은 취소할 수밖에 없었다. 그 전화 통화 이후로 10일 만에 만났다. 복도 끝에서 걸어오는 아이의 발걸음이 무겁다.

"○○아, 잘 지냈어? 지난번 전화로 얘기한 아버지 건강은 어떠셔?"

잠시의 침묵이 흘렀다. "선생님, 아버지 하늘나라로 가셨어요. 제가 상주였고 학교도 쉬었어요." 마음이 쿵 무너져내렸다.

"그랬구나, 우리 ○○이 많이 힘들었겠다. 그래도 오늘 이렇게 상담 약속도 지켜주고 고마워."

그렇게 우리는 위클래스실로 들어갔고, 감정카드와 그림책 한 권으로 말문을 열었다. 아이가 고른 감정은 외롭다, 슬프다, 혼란스럽다, 속상하다, 힘겹다, 지치다, 마음이 아프다, 답답하다 등이었다.

그 단어만으로도 아이의 마음이 백번 이해되고도 남았다. 카드 위로 아이의 눈물이 뚝뚝 떨어진다. 덩달아 내 눈에도 눈물이 맺혔다. 하지만 나는 상담을 진행해야 하는 선생님이다. 같이 손 붙들고 울 수도 있었지만 이내 이성을 찾아야만 했다. 충분히 울게 했고 자연스럽게 올라오는 감정들을 숨기지 말고 잘 살피고 인정해주라고 했다. 아버지께 사랑한다는 말을 못 한 것이 후회가 된다고 했다. 아버지가 집에 안 계시니 학교 끝나고 곧바로 집에 가기도 싫다고 했다. 그래, 아이의 마음이 얼마나 허하고 외로울까? 일상에서 순간순간 아버지와 함께했던 기억들이 올라올 텐데…… 당분간은 애도의 시간을 충분히 가지기로 했다. 못다 한 이야기를 편지로 쓰고 읽기도 하면서 말이다.

난 ○○이에게 집 같은 존재가 되기로 했다. 편하고 안락해서 쉬고 싶고 눕고 싶은, 지쳐서 돌아가면 포근하게 감싸주는 집 같은 그런 존재. 내가 아이의 진짜 엄마가 되어줄 순 없지만, 만나는 일 년 동안은 집 같은 존재가 되어주기로 했다. 일주일에 한 번, 일정한 공간에서 만나는 이 시간이 아이에게 쉼과 휴식의 시간이기를 바라본다. 붙박이처럼 땅에 붙은 집은 아니니까 따뜻한 봄이 되면 캠핑카처럼 도서관도 가고 서점도 가고 맛있는 거 먹으러 식당에도 가고 말이다. 나는 ○○이에게 바퀴 달린 집이 되기로 마음먹었다.

"○○아, 가고 싶은 곳 있으면 다 말해."

아이가 씩~ 웃는다.

그래, 나는 아이와 만나는 이 일을 할 때가 제일 행복한 사람이다. 굳게 닫힌 아이의 마음 문을 열고 그 문이 조금 더 열릴 때까지 기다려주고 들어주고. 아이의 입에서 어떤 말이 나와도 평가하거나 충고하거나 지적하지 않고, 온전히 그의 편이 되어 들어주는 것. 때때로 힘들고 버거울 때도 있지만 그럼에도 불구하고 행복해서 미소 짓게 하는 일은 이 일인 것 같다. 처음 이 일을 시작할 때의 마음이 생각난다. 초심 잃지 말고 오

롯이 아이의 말에 귀 기울여 주는 한 명의 어른이고 싶다. 오늘
도 나는 감정카드와 버츄카드 그림책 한 권을 챙기며, 씩 웃던
그 아이보다 더 환하게 웃는다.

사랑

간질간질
아끼고 싶은 마음

사랑은 가슴을 채우는 특별한 감정입니다. 엷은 미소, 친절한 말 한마디, 사려 깊은 행동, 혹은 따스한 포옹을 통해 당신은 그것을 표현할 수 있습니다. 그러면 사람들은 자신이 당신에게 그만큼 소중한 사람임을 느끼게 됩니다. 사랑은 전염됩니다. 사랑은 계속해서 퍼져 나갑니다.

아일랜드 여행 중이다. 작년에 운 좋게 합류하게 된 문화포럼 영어인문학팀. 여행할 곳을 정하고 2주에 한 번 모여 그 나라의 역사, 문학 등을 공부하고 영화도 같이 보는 팀이다. 작년

영국 문학기행을 가는 일행 중 결원이 생겨 내게도 기회가 왔고, 그것이 인연이 되어 올해까지도 이 여행에 합류하게 되었다. 제일 어린 24살 내 딸부터 77세 회원까지 다양한 연령대의 사람들과 함께하는 여행은 여러모로 배울 게 많은 순간이었다. 그중에서도 가족들과 주고받는 다양한 메시지들이 흥미로웠다.

이번 여행을 통해 처음 알게 된 언니와는 같이 다니면서 부쩍 친해졌다. 여행 4일째, 골웨이에서 호텔 숙소의 묵는 방이 맞은편이어서 우리는 저녁을 함께 먹게 되었다. 근처 슈퍼마켓에 가서 저녁 거리를 사와 그 언니네 방에서 함께 이야기꽃을 피웠다. 당연히 기네스 맥주는 빠질 수가 없었다. 이런저런 얘기를 나누다가 아들의 메시지 내용을 듣게 되었다. 24살 아들이 엄마에게 보낸 장문의 카톡 내용은 읽는 내내 울컥하게 만들었다. 열두 줄 이상의 긴 문장에서 엄마에 대한 그리움, 걱정과 사랑이 고스란히 느껴졌다. 이런 감동적인 내용의 편지를 받고도 답장을 하지 않았다는 얘기를 듣고, 난 버럭 소리를 질렀다. 당장 하트 이모티콘 백 개라도 보내라며 옆에서 부러움 섞인 한마디를 했다. 저리 살가운 아들이라니 다정함의 끝판왕인 것만 같았다.

그리고 또 한 분의 카톡 메시지에 모두가 환호성을 질렀다. "당신이 죽도록 보고 싶다고 하면 마음 아파할까 봐 꾹 참고 있어요." 82세 남편이 여행 중인 77세 부인에게 보낸 메시지다. 이건 사랑이다. 찐이다. 저리 사랑을 받으니 77세 회원의 얼굴에서 빛이 났던 거였다. 사랑? 사랑이 뭔가? 친절하고 따스한 말을 건네는 것도 사랑이다. 몇십 년 살면 남편은 가족이라는 둥, 가족끼리 그러는 거 아니라는 둥 그런 말들을 쉽게 하지만 난 그 말이 참 별로다. 오랜 세월 같이 살아서 익숙해지고 편해진 거지, 사랑이 아닌 건 아니다. 얼마 전 단편 에세이를 낸 문우의 글 속에서 애정과 사랑을 비교했던 글이 떠오른다. 애정은 '사람이나 사물에 대한 사랑이나 친근한 마음', 사랑은 애정보다는 더 깊은 마음이라고 했다.

　　20대에 Like와 Love의 차이점은 무엇일까에 대해 고민해 본 적이 있다. Like는 내가 좋아하는 꽃을 그냥 바라보는 것이고, Love는 그 꽃에 물도 주고 관심도 주면서 돌봐주는 것이라고 나름대로 정의 내렸던 것 같다. 그런데 실은 나이 오십이 되어도 사랑은 잘 모르겠다. 내가 애정하는 것과 사랑하는 것을 기록해 보면 조금은 더 선명해지지 않을까? 하얀색 용지에 한번 적어 본다. 내가 애정하는 것은 그림책, 영화, 스카프이고 사랑하는 것은 가족, 친구, 주고받은 편지들이다. 그렇게 적어두고 한참을 바라본다. 말로는 설명할 수 없지만 느낌적으로는 알 것 같다. 82세 남편에게 뜨거운 메시지를 받고 77세 부인은 어떤 답장을 보냈을까 궁금해지는 아침이다. 조식 먹을 때 옆으로 슬며시 다가가서 여쭤봐야겠다. 수줍은 소녀 미소를 지으며 대답하실 77세 회원분의 대답이 궁금하면서도 간질간질 아끼고 싶은 마음이다.

무언의 지지를 해주는 사람

사려가 깊다는 것은 다른 사람의 감정과 그들이 처한 상황에 대해 신중하게 생각하는 것입니다. 사려 깊은 사람은 항상 자신의 행동이 다른 사람에게 어떤 영향을 미칠지 염두에 둡니다. 다른 사람이 무엇을 좋아하고, 무엇은 좋아하지 않는지에 대해서도 세심한 주의를 기울입니다. 또 즐겨 그들을 행복하게 해주는 일을 합니다.

친구 같은 남편 진호 씨에게

1999년 12월에는 눈이 엄청 많이 와서 사람들이 모두 입을 모아 잘 살겠다고 덕담을 해주었는데 우리 진짜 잘 살고 있는 거 맞지? 진호 씨 기억나? 우리 나이가 그때 27살이었지. 내가 제주로 오게 될 줄은 꿈에도 몰랐는데, 결혼한 지 벌써 25년이나 되었다니 믿을 수가 없다. 대학교 동기 태우 덕분에 제주로 놀러 오게 되었고, 우린 친구로 만나 서로 편지도 쓰고 전화도 하면서 가랑비에 옷 젖듯 그렇게 서로에게 조금씩 물들었던 것 같아. 키만 껑충 컸던, 순수하고 착한 심성을 가진, 말수도 적고 표현도 잘 못 했던 진호 씨가 어느새 능글능글 50대 아저씨가 되었다니~ 매일 보면서도 실은 실감이 잘 안 나. 자유롭고 여행 좋아하는 나를 만나 말은 안 해도 실은 조금 버거웠을 거야, 그치? 그래도 언제나 내색 없이 내가 원하는 건 웬만하면 다 들어주는 진호 씨. 몇 년 전, 승혁이랑 인도 갈 때도 하루 전날인가, "근데 둘이 가는 데가 어디라고?" 물었던 거 기억나? 관심이 없는 건가? 아님, 진짜 편하게 보내주려고 무심한 척하는 건가? 아무튼 "객지에 사람 하나 보고 왔지요." 25년째 하는 자랑은 아직도 변함없는 나의 레퍼토리야. 제주에 와서 소중한 것들을 많이 얻었지. 작은 것도 크게 보시고 예뻐해 주시는 시부모님, 큰언니 말에 언제나 긍정의 메시지를 주는 시누, '형수님' 하면서 고운 미소 날려주는 도련님들, 그리고 착한 동서와 고모부 그리고 귀여운 조카들. 그중에서도 제일 사랑스러운 우리 가인이와 승혁이. 부산에서 27년을 살았고, 제주에서 25년을 살았으니 이제 곧 태어난 고향보다 살아갈 제주에서의 시간들이 더 길어지겠지. 제주에서 글을 쓰고 책도 내고 수업도 하면서 난 내적으로 많이 성장했어. 그게 다 누구 때문이겠어? 묵묵히 뒤에서 내가 하는 일에 무언의 지지를 해주는 진호 씨가 있기 때문이겠지? "다 내 복이죠 뭐." 말은 이렇게 하지만 늘 고맙게 생각해. 서로 시간 맞추기 힘들어 25주년 여행은 불발되었지만, 30주년 여행은 우리 둘이 꼭 같이 가자. 그때까지 건강 잘 챙기고, 하는 일 더 열심히 하기.

　여름이 이제 가려나 봐. 지독히도 더웠던 여름이 서서히 꼬리를 내리고 있네. 아침저녁으로 가을 기운이 느껴져. 월요일 새벽 낭송할 때마다 식탁 위 챙겨놓은 과일이랑 음료를 조용히 들고 나가는 진호 씨의 배려도 늘 고맙게 생각해. 오늘 저녁은 우리 맛있는 거 먹자. 진호 씨 좋아하는 삼겹살에 소주 한잔 어때?

2024년 가을

친구 같은 아내 선화

있는 그대로 괜찮아

　　　　　　상냥함이란 몸가짐이 신중하고, 손길은 부드러우며, 무엇을 쥘 때는 조심스럽고, 말씨가 공손하며, 생각도 사려 깊은 것을 말합니다. 누군가 당신의 마음에 상처를 입히거나 당신을 화나게 할 때는 자제력을 이용하세요. 같이 상처를 주는 대신 온화하게 얘기하세요. 당신은 세상을 좀 더 안전하고 화목한 곳으로 만들 수 있습니다.

　작년 겨울, 한 친구가 너무나 감동적인 공연을 보고 왔다며 떨리는 목소리로 말한 적이 있다. 진심으로 좋았던 공연이었음이 목소리에서 전해졌다. 그 뒤로 공연을 보기 위해 노력을 했었는데 계속 시간이 맞지 않았다. 그렇게 내게서 '나비연'은 잊혀져 가고 있었다. 얼마 전 취다선(숙소)에서 작은 콘서트가 있었고, 그곳에 참석한 사람들이 만든 문장에 음을 붙여서 노래를 부르는 모습을 우연히 보게 되었다. "있는 그대로 괜찮다."라는 메시지의 노래가 마음에 와닿았다. 특별한 기교나 멋스러움이 없는데도 맑고 깨끗한 그녀의 목소리에서 진한 감동이 느껴졌다. 그런 그녀의 목소리를 직접 만날 기회가 드디어 생겼다. 내가 좋아하는 '바라나시 책골목'에서 나비연의 명상 콘서트가 열린다길래 서둘러 신청했다. 콘서트 가기 전, 그녀에 대해 좀 더 알고 싶어서 SNS에 올라온 글들을 검색했다. 정신세계사 소울띵에 올려진 그녀의 긴 글도 읽게 되었다. 우리가 지금의 나를 사랑하는 길에 들어설 수밖에 없는 이유, 삶이 우리에게 끝없이 베풀고 있는 생명의 순간을 어떤 태도로 살아가야 할지를 생각해 보게 하는 글이었다. 그리고 마지막에 〈나야, 너를 사랑해〉를 읊조리듯 부르는 그녀의 목소리는 상냥하고 다정했다. 그녀도 자신을 좋아하기까지 참 오랜 세월이 걸렸다는 이야기를 읽으며, 나 스스로도 있는 그대로의 나를 진짜 사랑하고 있는지를 들여다보는 시간이었다. 마음에 들지 않는 부분까지도 끌어안고 가고 있는가? 아니라고 하면서도 이러저러한 이유로 자신을 사랑하고 있진 않은지를 돌아보게 됐다. 있는 그대로의 나를 바라봐주고 인정해주는 사람이 한 명만 곁에 있다면 세상은 살 만할 거다. 아니, 그런 사람이 한 명도 없다면, 자신이 스스로에게 그런 사람이 되면 되지 않을까? 콘서트를 가기도 전에 벌써 그녀의 팬이 되었다. 나비연의 맑고 깊은 목소리가 '바라나시 책골목'의 공간을 가득 메우고, 그 공간에 내가 있다는 생각만으로도 벌써 가슴이 벅차오른다. 나비연의 〈인디언 소녀〉를 들으며 저녁 준비도 잊은 채, '나는 한때 뭐였을까.'를 생각해 본다. 나도 한때는 나무였을지도, 새였을지도, 꽃이었을지도 모른다. 우린 모두 한때 무엇이었겠지. 나비연의 노래를 따라 부르며 어느새 나도 상냥한 미소를 짓고 있다.

모
든
것
에
는
이
유
가
있
다

소신이 있다는 것은 매사에 긍정적이고 자신감이 있다는 것을 말합니다. 그것은 재능이 있는 소중한 사람임을 믿는 데서 시작됩니다. 당신은 스스로 생각하고, 그것을 명료하게 표현할 수 있습니다. 또 무엇이 옳고, 무엇이 옳지 않은지를 판단할 수 있습니다. 당신은 존중받아 마땅한 사람입니다.

2024년 6월 간드락공유북카페에서 원은희 작가님의 원화전 오프닝이 있었다. 드림팝과 명상음악으로 평화를 노래하는 이디라마 님이 공연을 하고, '사람을 살리는 요리'의 해녀요리

연구가 진여원 님께서 아름다운 저녁을 준비해 주신다는 문구가 인상적이었다. '사람을 살리는 요리'라는 글귀에 시선이 꽂혔다. 수저와 컵을 개인이 지참하라는 것도 좋았고, 그릇 대신 배춧잎으로 음식들을 담아내는 모습이 특별했다.

그곳에서 처음 푸른부엌 진여원 님을 만났다. 제주의 음식에 대해 풀어낸 후 사람들을 대접하고 일회용품을 지양하는 배추 접시그릇을 보며 무한 존경을 느꼈다. '푸른부엌'이라고 써두고 계속 시상을 떠올리며 시 한 편을 쓰고 싶었는데 아직까지도 진행형이다.

진여원 님을 다시 만난 건 재릉초에서다. 난 미리 감물로 만든 작은 스카프를 준비했다. 잘 만날 수 없는 분이기에 이번 기회에 전하고 싶었다.

도착한 재릉초 도서관은 멋진 조명도 예뻤지만, 전체적인 분위기가 카페를 떠올릴 만큼 멋졌다. 그곳에서 선생님은 여전히 고운 모습으로 식사 준비를 하고 계셨다. 인사를 나누고 잠깐의 여유시간에 자꾸 달 얘기를 하셨다. 소녀처럼 눈을 반짝이시며 요즘 눈이 가는 달에 대해 언급하셨다. 아일랜드 여행 후 시차적응을 하느라 새벽에 자꾸 눈이 떠지는 나도, 창가 위로 환한 달님과 눈 맞추는 일이 많다. 그래서 선생님 말씀에

귀가 기울어졌고, 그 말을 십분 이해할 수 있었다.

　행사가 끝난 후, 한림공원의 멋진 뷰를 가진 야자수 카페에서 차를 나누는 시간을 가졌다. 선생님께서 22년 된 회화나무 이야기를 하시는 거였다. 그 나무로 인해 벽에 균열이 생겨 어쩔 수 없이 나무 두 그루를 베어내야 했다는 것이었다. 나무에 대한 미안함과 그동안의 수고로움에 대한 마음으로 천도재를 지낼까도 생각하셨다고 했다. 하지만 우연히 만난 지인 분이 "나무를 베는 것도 다 때가 있다."라고 한 말씀이 머리를 치듯 가슴에 들어왔다고 했다. 나무를 베니 안 보이던 하늘이 보였고, 그 사이로 달도 보게 된 것이다. 그 얘기를 듣고 모든 것에는 다 이유가 있고, 세상에 나쁜 건 없다는 생각이 들었다.

　소녀 같은 선생님의 달을 보게 된 이야기가 한동안 내게 머물렀다. 새벽에 눈이 떠진 어느 날 또 달과 눈이 마주치게 된다면 선생님의 달을 보게 된 이야기가 떠오를 것이다. 그리고 제주음식에 대해 소신 있는 선생님의 모습과 행동에 조용한 응원을 보내게 될 것 같다.

　제주에 와서 처음엔 생소한 음식문화에 당황했던 적도 있었다. 신혼 시절이었다. 남편 친구들을 초대해 집에서 저녁식사를 했다. 있는 솜씨 없는 솜씨 다 부려서 한 상을 차려냈다. 부산에서는 오이냉국이 새콤달콤하게 먹는 음식이라 식초, 설탕으로 간을 맞춘다. 다른 분들은 맛있다며 먹는데, 한 분이 갑자기 "제수 씨, 된장하고 물만 갖다주세요." 하는 거였다. 그래서 원하는 대로 가져다 드렸더니 물에 된장을 풀고 오이를 툭툭 잘라 넣어 후루룩 마시는 거였다. 처음엔 의아했는데, 제주에서는 오이냉국을 그렇게 먹는다고 했다. 여름 내내 한 번도 불평하지 않았던 남편에게 갑자기 고맙고 미안한 생각이 들었다. 25년이 지난 지금은 나도 된장을 푼 오이냉국을 더 좋아한다. 새콤한 오이냉국도 좋지만, 된장과 파 송쏭 썰어 넣은 된장오이냉국이 훨씬 고소하고 깊은 맛이 난다. 환경에 따라 변하는 입맛이 변덕스럽기도 하지만, 그만큼 제주문화에 잘 적응해 가는 내가 대견스럽기도 하다. 쇠고기미역국만 먹던 내가 된장미역국도 잘 끓이고, 갈치조림과 구이만 할 줄 알았던 내가 갈치국도 웬만큼 해낸다. 다음에 진여원 선생님을 만나면 또 다른 제주음식에 대해 여쭤봐야겠다. 선생님이 만드신 음식 중에 고사리장아찌랑 쉰다리는 꼭 배우고 싶다. 선생님, 가르쳐 주실 거죠?

신뢰

밥
한
끼

신뢰는 안심하고 어떤 것에 의지하는 것입니다. 신뢰는 삶에 대한 긍정적인 태도입니다. 모든 일이 순리에 따라 올바른 방향으로 진행될 것이라고 믿는 것입니다. 자신과 세상에 대한 신뢰가 있으면 설사 어려운 일이 발생해도 우리는 그 속에서 선물을 발견하고 교훈을 얻게 됩니다.

평일 오후 한 시, 휴대폰이 울린다. 상담을 진행하고 있는 학생이다. 낮에 전화가 오기는 처음이다. 뭔가 불길한 생각이 든다. 하던 일을 멈추고 전화를 받았다.

"여보세요."

"그래, ○○이네. 어디야?"

"선생님, 저 집이에요."

"오늘 학교 안 가는 날이야?" 몇 초의 침묵이 흐른다. 왠지 모를 불안함이 엄습해 온다. 아이의 대답을 기다린다.

"선생님, 어제 같은 반 친구가 죽었어요. 저 너무 충격받아서 오늘 학교에 안 갔어요."

"그랬구나, 많이 놀랐겠다. 오늘은 집에서 쉬어."

"네, 선생님. 주말에 만나기로 한 날짜보다 조금 당겨도 될까요?"

"그래, 선생님도 일정 조절해야 하니, 맞춰보고 날짜를 다시 잡자."

아이의 심리상태가 불안하다. 같은 반에서 공부하던 친구가 갑자기 죽었다니 충격도 이만저만이 아닐 것이다. 그렇지 않아도 우울과 강박으로 약을 먹고 있는 ○○인데, 얼마나 힘들까? 그래도 내가 일 년 동안 만났던 선생님이라고 제일 먼저 전화해 주었으니 이건 좋은 신호다. 어떤 일이든 의논할 수 있고 무슨 말이라도 들어줄 수 있는 멘토가 되고 싶었는데 성공한 셈이다. ○○이와 만나기로 한 날짜보다 3일을 당겨서 만났다. 머리카락은 빗질도 제대로 하지 않았는지 엉망이다. 아이의 심리상태를 말해주고 있는 것 같았다.

"○○이 선생님 빨리 만나고 싶어서 머리도 안 빗고 왔구나?"

아이가 웃는다. 덩달아 웃어 본다. 가지고 간 감정카드로 아이와 감정을 충분히 나눈다. 나도 안다. 그 슬픔과 놀라움을. 최근에 나도 지인의 죽음을 겪었기에 우린 서로 가까운 사람의 죽음에 대해 얘기 나누며 감정을 풀어 놓았다. 아이가 배가 고프단다.

"○○아, 우리 맛있는 거 먹으러 갈까? 선생님이랑 밥 먹으러 가자." 아이가 고개를 끄덕인다. 외롭고 힘든 아이에게 해줄 수 있는 건 같이 시간을 보내고 허기진 외로움을 무엇으로든 채우는 것이다. ○○이 입속으로 들어가는 하얀 밥알이 비타민 알갱이마냥 동글동글하다.

어른, 아이 할 것 없이 외로움은 배고픔과 동의어라는 생각이 든다. 그래서 언제부터인가, 어깨가 축 처진 사람을 보면 "밥 먹자."라는 말을 하는지도 모르겠다.

갑자기 찐한 허기가 올라온다. 난 지금 배가 고픈 것일까? 아니면, 외로운 것일까? 정확한 이유를 알기 위해 밥 한 숟가락을 입속으로 밀어 넣는다.

신용

교학상장(教學相長)[*]

신용은 믿고 맡길 수 있도록 행동하는 것을 말합니다. 당신은 자신의 말을 지키고, 최선을 다합니다. 맡은 일을 끝내기 위해 헌신적으로 일합니다. 사람들이 그렇게 기대할 수 있는 것은 당신의 신용 때문입니다. 당신은 하겠다고 한 일을 반드시 합니다. 신용은 어떤 일에서나 성공의 열쇠입니다.

유혜정 '강은미 시인의 읽엄수다' 시간입니다. 오늘은 강은미 시인 대신 김선화 시인이 자리해 주셨는데요, 먼저 잠깐 자기

---

[*] 스승과 제자기 서로 가르침을 주고받으며 성장한다는 뜻.

소개 부탁드릴까요?

김선화 네, 안녕하세요? 오늘은 강은미 시인 대신 이 시간을 함께할 김선화라고 합니다. 강은미 시인께서 개인적인 일로 자리를 비우셔서 이번 주와 다음 주는 제가 좋은 작품을 들고 찾아 올 텐데요, "어, 뭐야. 강은미 시인이 아니잖아?" 이러면서 채널 변경하시면 안됩니다(웃음). 전 젊은시조문학회 회원으로 활동하고 있는 제주 시조시인 김선화라고 합니다. 필명은 김선을 사용하고 있고요, 2019년《사람이 흐르다》라는 시집으로 독자님들과 만나고 있습니다. 앞으로도 좋은 작품으로 여러분과 만날 것을 약속 드리겠습니다. 오늘 소개하고 싶은 작품은 바로 강은미 시인의 작품인데요, 매번 다른 시인의 시를 소개해 주는 시인님의 빈틈을 이용하여 제가 좋아하는 강은미 시인의 작품을 소개하고 싶어서 준비했습니다.

유 네, 기대되는데요. 매주 만나면서도 정작 강은미 시인의 작품은 제대로 읽어보지 못한 것 같습니다. 어떤 작품 준비해 주셨을까요?

김 네, 강은미 시인의 〈얼음땡〉이라는 시를 준비했습니다.

유 제목이 왠지 통통 튀는 것 같은데 궁금합니다.

김 강은미 시인은 제주 출생이고 2010년 《현대시학》으로 등단했습니다. 현재 한국작가회의, 제주작가회의 회원으로 활동하고 있으며, 〈얼음땡〉이라는 시는 2021년 시집 《손바닥 선인장》에 실린 작품입니다.

유 네, 그럼 지금 바로 들어보도록 하겠습니다.

— BGM, IN —

얼음땡

강은미

문득, 나와 함께 얼음땡놀이 하고 싶다
한 번도 술래는 나를 잡지 않고
땡땡땡 고삐 풀린 망아지처럼 달려와

만월의 달 그림자 아래서 하마터면

들개와 함께 줄행랑을 칠 뻔했다는,

손가락 나무 그림자에 놀란 토끼의 눈

너무 빨리 뛰면 얼음

너무 느리게 물러서면 땡

하늘 땅 소금쟁이 두려워하지 않는

조금은 외롭고 황홀한 그림자이고 싶다

— BGM OUT —

유   네, 잘 들었습니다. 제가 생각한 얼음땡과는 느낌이 좀 다른데요.

김   네, 그렇습니다. "문득 나와 함께 얼음땡놀이 하고 싶다"라고 했는데, '너와 함께'가 아니라 중요한 것은 '나와 함께'입니다.

결국 여기서 말하는 것은 다른 누군가가 아닌 나를 알고 싶어한다는 것입니다. 나의 마음을 읽고 싶어하는 시인의 마음이 잘 드러난 문장 같습니다.

유 그렇군요. 결국 시는 나의 마음을 읽는 것이고, 나의 상처와 만나는 일이군요.

김 네, 그렇습니다. "너무 빨리 뛰면 얼음/ 너무 느리게 물러서면 땡" 간극을 유지하면서 "한 번도 술래는 나를 잡지 않고" 이 고독의 시간을 견디는 것입니다.

유 그렇군요. 강은미 시인의 시는 쉬운 것 같으면서도 곱씹을수록 심오한 것 같습니다.

김 그렇습니다. 마치 시인 자신을 닮았습니다. 호탕한 웃음소리가 매력적인 그녀는 잘 웃는 시인이지만, 그 웃음 뒤로 그녀의 슬픈 유년의 이야기들을 들으면 숙연해지기까지 하듯이 말입니다.

유 매주 만나는 강은미 시인의 다른 시가 더 궁금해지는데요.

김 다른 시들도 낭독하기에 좋은 시들입니다. 노래 부르기를 좋아하는 시인이라 그런지 시에서도 가락이 느껴집니다.

유 네, 오늘 좋은 시 소개해 주셔서 감사합니다. 청취자분들도 이 시 들으면서 나의 하루도 돌아보고 내 마음도 한번 들여다보는 시간이 되셨으면 좋겠습니다. 요즘 비가 오락가락해서 외출하기 녹록지 않은데 집에서 시집 한 권 읽으면서 편안하게 보내시길 바랍니다.

그럼 지금까지 읽엄수다 시간, 좋은 작품 전해주신 김선화 시인과 함께했습니다.

다음 주에 만나요.

* 2023년 7월 23일 방송된 TBN 교통방송 스튜디오 1055(제주), '읽엄수다' 코너의 한 부분을 글로 옮겼습니다.

좋아하는 것을
오래 하려면

열정은 우리의 정신이 즐거움과 행복과 영감으로 충만한 상태를 말합니다. 어떤 일에 열정을 가질 때, 우리는 그 일에 온 마음과 힘을 쏟게 됩니다. 열정을 가진 사람은 긍정적입니다. 열정 속에는 영감이 담겨 있습니다.

파브르는 곤충에, 포드는 자동차에, 에디슨은 전기에 미쳐 있었다. 그렇다면 나는 무엇에 미쳐 있을까? 요즘 시선이 어디에 머무르고 있는가를 살핀다. 눈길이 가고 발길이 가는 곳이 어디인지를 보면 된다. 자꾸 그곳을 가는 이유는 당장 인도로 갈 수 없기에 그런 건지도 모른다. 그래서 짜이향과 인도음악이 스멀스멀 올라오는 인디언 북카페 '바라나시 책골목'을 찾는 것이다. 짜이와 함께 묻어오는 화두 한 장을 붙들고 나를 들여다본다. 문구에 머무른다. 고민하고 있는 문제가 있다면 바로 적용한다. 내게 온 문구는 지금 상황에 맞고 답을 준다. 아니, 어쩌면 답은 이미 내가 가지고 있는 건지도 모르겠다.

'열정'이라는 단어를 가만히 쳐다본다. 누구든 열정에 불타는 때가 있다. 얼마 전 내가 그랬다. 일 년 전, 산티아고를 걸었을 때가 열정 만렙이었다. 그런데 다녀온 뒤로 다시 걷기가 멈추었다. 사람은 걷는 동물인데, 걷기는 멈추면 안 되는 건데 왜 멈춤이 되었을까? 자꾸 밖으로 눈을 돌리기 때문이다. 몽골 올레를 걸으려 하고, 다시 한번 산티아고를 걸으려 하고~ 걷는 것은 어디서든 할 수 있는데 말이다.

걷는 것을 알아보다가 '바르게 걷기'에 꽂혔다. 올레길 3번 완주하고 늘 걷는 사람이라고 큰소리 치고 다녔는데 반평생을 잘못 걷고 있었던 것이다. 그래서 이번 기회에 바르게 걷는 법을 제대로 배워서 죽을 때까지 잘 걷고 싶었다. 강사님께서 열 명만 모으면 제주로 오신다고 해서 열정적으로 사람을 모았다. 원주에 계신 강사님을 섭외했고, 드디어 '바르게 걷기' 수업이 열렸다. 노르딕 스틱에 대해서도 제대로 알게 되었고, 말린 어깨와 허리도 곧게 펴고 걷게 되었다. 함께 교육받은 사람들과 단톡방을 만들어 정보도 공유하고 있다. 좋아하는 것을 하니 힘도 나고, 기분이 좋으니 뭐든 즐겁다. 학교 운동장도 걸어 보고, 한라수목원 길도 노르딕 스틱을 착용하고 걸었다.

　며칠 전, 사촌형님과 해안 길을 걸었다. 교육 후, 장거리를 노르딕 스틱으로 걸어보기는 처음이다. 확실히 자세부터가 달라졌다. 노르딕 스틱을 착용하고 나니 어깨가 펴지고 자세가 꼿꼿해졌다. 돌길이나 진흙 길을 걸을 때도 스틱에 힘을 실으니 한결 수월했다. 오르막길을 오를 때도 허리를 숙이지 않고 스틱을 활용해 올라가니 그냥 걸을 때보다 무릎에 무리가 덜 가고 좋았다. 4시간 정도 걸었는데 힘들다는 느낌이 전혀 들지 않았다. 예전 한창 등산을 할 때, 등산 선배들이 스틱을 들고 다니라는 이유를 알 것 같았다. 산을 오를 때 스틱 없이 빠르게 올라갔다 내려갔다 하는 사람들을 보면 예전의 내 모습을 보는 것 같아 안타까웠다. 피부도 좋을 때 지키고, 관절도 괜찮을 때 보호해야 한다. 좋아하는 것을 오래 하려면 건강해야 한다.

　요즘은 계속 장마라서 걷기가 힘들다. 현관 입구에 노르딕 스틱 한 쌍이 외롭게 서 있다. 바빠서 못 걷고 비 와서 못 걷고 더워서 못 걷고 추워서 못 걷고, 걷지 못하는 핑계가 많다. 걸으려고 마음만 먹으면 어디든 걸을 수 있는데 말이다. 다시 보자기에 넣어 둔 열정을 발휘할 때다. 운동화 끈을 바짝 묶고 현관문을 나서 보려고 한다.

다
섯
째
이
모

　　　　　　　　예의가 있다는 것은 몸가짐이 공손하다는 것입니다. 누군가를 예로 대하면 그 사람은 자신이 소중한 존재임을 느끼게 됩니다. 상냥하게 인사를 하세요. 가정에서도 예의를 지키세요. 가족 간에 예의를 지키는 것은 대단히 중요합니다. 예의는 삶을 원활하게 해 줍니다.

　　꿈을 꾸었다. 내가 좋아하는 다섯째 이모가 나온 꿈이었다. 굵은 웨이브 펌을 하고 긴 스커트에 자주색 재킷을 입고 금테 안경을 쓴 세련된 이모가 나를 보고 웃고 있었다. 우리 엄마는 십 남매 중 일곱 번째 딸이다. 엄마는 딸 중에서는 막내였는데,

80

그래서인지 다른 친구 엄마들보다 철이 없는 편이었다. 난 그런 엄마보다 늘 우리를 살뜰하게 챙기는 다섯째 이모를 좋아했다. 이모는 우리가 어리다고 막 대하지 않고 소중히 대한다는 느낌을 준다. 이모는 명절이 되면 우리에게 새옷을 꼭 사주셨다. 나와 남동생은 추석이나 설이 되면 다섯째 이모를 눈이 빠지게 기다렸다. 내가 초등학교 3학년 때쯤으로 기억한다. 그날도 이모는 이모부와 함께 우리 집에 오셨다. 엄마, 아빠가 설빔을 사주시긴 했지만, 나와 남동생은 세련된 다섯째 이모의 선물을 더 기다렸던 것 같다.

세월이 흘러 내가 그때의 이모만큼 나이를 먹었다. 이모는 이제 80대가 되었고, 얼마 전 큰 수술도 받으셨다. 얼마 전 이모 생신 때 좋아하는 옥돔을 보내드렸다. 이모는 고맙다며 맛있게 먹겠다고 하시며 전화를 주셨다. 내가 옛날에 받은 사랑과 관심에 비하면 아무것도 아닌데 말이다. 이모는 늘 "우리 선화" 하시며 나를 응원해 주신다. 다가오는 명절에도 부산은 가지 못할 것 같다. 친정과 다섯째 이모한테 옥돔을 보내드려야겠다. 동문시장 안에 있는 단골 수산가게에 전화를 건다. "사장님, 주소 보낼 테니 옥돔 좋은 놈으로 보내주세요. 프라이팬에 딱 굽기 좋은 크기로 부탁합니다." 옥돔이 도착하면 참

기름 넣고 노릇노릇 구워서 맛있게 드실 이모 생각에 벌써부터 기분이 좋아진다. 이모의 친절과 예의 있는 행동들이 어린 나에게 영향을 주어, 나도 만나는 아이들을 친절하게 대하는 것 같다. 다음 설에는 온 가족이 부산에 가기로 했다. 벌써부터 내 마음은 한 권의 그림책을 읽은 것처럼 다정해지기 시작했다.

봉숭아 필 무렵
- 이모를 생각하며

김선화

이모네 앞마당에 그 꽃 지금 피었을까
초여름 햇살에도 맑은 눈 깜박이며
메마른 입술 사이로 웃음 톡톡 터지는,

쌍둥이 어린 조카 당신 품에 옮겨 심어
아침마다 눈 맞추며 꽃처럼 웃던 이모
장독대 어둠 사이로 달빛 가득 피었다

파
란
바
지
동
수
씨

용기는 두려움 앞에 당당히
맞서는 것입니다. 힘에 부치거나 무섭더라도 옳은 일을 선택
하는 것입니다. 용감한 사람은 쉽게 포기하지 않습니다. 새로
운 시도도 두려워하지 않습니다. 실수는 기꺼이 인정합니다.
용기는 당신의 가슴속에 있는 힘입니다.

2014년 4월 16일을 우리는 모두 기억한다. 전원 구조라는
말에 안도의 숨을 내쉬며 수업을 갔던 짧은 시간. 그것이 오보
임을 알게 된 순간부터 나의 시간도 꽤 오랫동안 멈추어 있었
다. 한동안 우울했었고 슬펐고, 아무것도 할 수 없는 무력함에

절망할 수밖에 없었다. 제주에도 생존자가 많았다. 파란 바지 동수 씨를 기억한다. 당시 트럭 기사셨는데 아이를 한 명이라도 더 구해내려고 사력을 다하신 분이다. 동수 씨의 부인도 한때는 나와 같은 직장에 다녔던 분이어서 다른 분보다 더 눈길이 갔고, 계속 소식을 전해 들었다. 동수 씨의 자해 소식을 들을 때마다 본인도 본인이지만, 그 가족들의 아픔과 슬픔이 겹쳐져 힘들었다.

드디어 동수 씨를 만나는 날이다. 하귀에 있는 한 찻집에서 동수 씨와 부인 형숙 씨를 만났다. 사감독님과 걸었던 어린이 평화 순례길 행사 후, 남은 후원금과 몇몇 지인들의 후원금을 합쳐서 제생지(제주세월호 생존자와 그들을 지지하는 모임)에 후원을 하기로 한 것이다. 마스크 위로 보이는 동수 씨 눈이 젖어 있었다. SNS에서만 보다가 실제로 본 동수 씨는 몸이 몹시 마른, 등이 굽은, 모은 두 손이 예쁜 분이셨다. 한 시간 정도 얘기를 나누었다. 6월 1일 시간 되면 물찻오름 탐방소로 놀러오라고 수줍게 밀을 건네셨다.

두 번째 만나는 자리, 마스크를 벗은 동수 씨가 환하게 웃고 있다. 첫 만남 때 경직된 모습은 하나도 없고 아기미소로 웃고 있는 동수 씨가 진심 반가웠다. 역시 사람은 자신의 터전에서 만나야 생기가 도는 법인가 보다. 숲길을 걸으며 동수 씨가 숲에서 만난 동물 얘기, 꽃과 나무 얘기를 들려주었다. 숲길에서 만난 촛대처럼 우뚝 솟은 박새꽃이 눈길을 끌었다. 박새꽃은 생명력이 강해서 그 꽃이 있는 자리는 번식력이 강한 조릿대조차도 자라지 못한다고 했다. 문득 동수 씨와 박새꽃이 닮았다는 생각이 들었다.

매년 4월 16일이 되면 내 SNS에는 'REMEMBER20140416'이라고 새겨진다. 기억하자고, 잊지 말자고 소리를 내는 것이다. 하지만 동수 씨처럼 잠시 동안 잊는 게 도움이 되는 사람도 있다. 최근 발간된 《홀》을 읽으며 아직도 세월호의 홀 속에 매몰된 동수 씨를 본다. 동수 씨는 밤마다 꿈을 꾼다. 자신을 향해 살려달라고 절규하던 아이들의 모습과 그 손을 놓쳐버린 아이들의 꿈을. 동수 씨는 최선을 다했고 많은 아이들의 목숨을 구했다. 국가가 해야 할 일을 동수 씨가 해낸 것이다. 그래도 동수 씨는 더 많이 구해내지 못한 자책감에 말라가고 있다.

동수 씨가 가족들과 환하게 웃고 있는 사진 한 장이 눈에 들어왔다. 가족과 주변 사람의 힘으로 동수 씨가 웃고 있다. 긴 장화를 신고 하얀색 쓰레기봉투와 집게를 들고 숲길의 쓰레기를 줍고 있는 동수 씨의 뒤를 따르며 나는 다짐한다. 동수 씨와 동수 씨 가족이 웃는 그 일에 작은 벽돌 한 장이 되겠다고 말이다. 다가오는 6월 14일 춘천에서 북콘서트를 한다. 부인 형숙 씨는 동수 씨가 말로 풀어낼 때 행복해하는 것 같다고 했다. 동수 씨의 세월호, 아직 끝나지 않은 이야기를 할 수 있는 공간을 마련하고 싶다. 올해가 가기 전에, 동수 씨의 목소리를 들을 수 있는 자리를 제주에서 마련하고 싶은 게 나의 바람이다. "동수 씨, 기다려요. 제가 작은 서점 사장님 몇 분 아니까 노력해 볼게요."

사려니숲길의 초록이 오늘따라 선명하다. 어제 비가 와서 그런지 더 초록초록하다. 숲길을 내려오는 내 발걸음이 모처럼 가볍다.

숲길 좌우로 하얀 박새꽃이 동수 씨처럼 웃고 있다.

용서

베
인
지
도

모
르
고

　　　　　　　　용서는 누군가 자신에게 잘
못을 저질렀을 때 그에게 다시 기회를 주는 것입니다. 누구나
잘못을 범할 수 있습니다. 보복을 하는 대신 그가 자신의 잘못
에 대해 반성하고 어떠한 형태로든 용서를 구할 수 있도록 해
주세요. 당신이 잘못했을 때도 자신을 용서해 주세요. 실수에
낙담하는 대신 앞으로는 다르게 행동하겠다고 다짐하세요. 변
화할 수 있다는 신념을 가지세요.

　왼손 네 번째 손가락에서 피가 난다. 어디서 베인 걸까? 칼,
종이, 낙엽? 때로는 정체를 모르는 물건에 베이고서는 한참을

생각한다. 더듬어본다. 어디서 그랬을까? 살다가 보면 돌부리가 없는 곳에서 넘어질 때가 있다. 울 장면이 아닌데 울컥 눈물이 쏟아질 때가 있는 것처럼. 사랑인 줄 몰랐다가 문득 사랑이었음을 알게 되는 순간이 있고, 사랑인 줄 알았는데 아니었음을 깨닫는 시점이 있다.

아침에 어디서 베인지도 모르고 손가락 끝에 붉게 맺힌 피를 보며 생각이 참 많다.

피가 멈출 때까지 꾹 눌러본다. 아파야 할 때 아프고 슬퍼야 할 때 슬프고 기뻐야 할 때 기쁘고 싶다. 그런데 꼭 몇 박자씩 늦게 오는 것들이 있다. 아니, 많다.

오늘 베인 건 뾰족한 것은 아닌 것 같다. 때때로 우리는 동그란 어떤 것에 베이기도 한다. 동그랗고 예쁘고 반질반질한 것에도 다칠 수 있다. 친절하고 상냥한 어떤 것에 상처받기도 한다. 아픈 줄도 몰랐다가 한참 후에야 따끔하게 올라오는 순간이 있다.

오래된 일이라 기억에서조차도 희미해져 버린 일이, 손가락에 맺힌 피를 보고 불현듯 생각이 나고 말았다. 그때 참 아팠던 일이었는데, 친절로 무장한 말과 행동 때문에 아프다는 말조차도 할 수 없었던 것 같다. 용서했다고 생각했는데 아니, 잊었다고 생각했는데 절대 잊을 수 없는 일이었던 거다. 사려 깊지 못한 사람으로부터 받은 상처, 그것이 가족일 경우에는 더욱 말하기가 힘들다. 누구나 실수할 수 있고, 잘못할 수 있다는 사실을 알면서도 그 순간 차분하게 내 생각을 상대에게 알리지 못한 것이 후회가 된다. 그런데 보복이나 분노의 감정을 가지기에는 너무 많은 시간이 흘렀다. 누군가를 용서한다는 것은 다른 누군가가 아닌, 나 자신을 위해서 필요한 부분인 것 같다. 갑자기 심수봉의 '백만송이 장미' 가사의 한 부분이 입에서 저절로 흘러나오고 있었다.

미워하는 미워하는 미워하는 마음 없이
아낌없이 아낌없이 사랑을 주기만 할 때
수백만 송이 백만 송이 백만 송이 꽃은 피고
그립고 아름다운 내 별나라로 갈 수 있다네.

그립고 아름다운 나의 별나라로 가기 위해, 용서의 미덕을 꺼내야 하는 순간이 왔다.

중학교 담임선생님

우의가 있다는 것은 즐거울 때나 슬플 때나 벗이 되어주는 것을 말합니다. 다른 사람에게 관심을 보이고 그들에게 편안한 느낌을 줄 때 당신은 그들의 친구가 될 수 있습니다. 당신은 자신이 가진 것을 남들과 함께 나눌 수 있습니다. 우의는 외로움을 치료하는 명약입니다.

외출을 하고 돌아온 현관 앞에 택배 상자가 덩그러니 놓여 있었다. 한라봉 한 박스였다. 만감류 농사를 하는 우리 집에 누가 귤을 보냈을까? 받는 사람은 내 이름이 확실하고, 보내는 사람의 주소란에는 모르는 이름과 낯선 번호만이 인쇄되어 있었다. 상자를 집 안에 들이기 전에 전화부터 했다. 제주에 있는 한 과수원이었고, 지금은 외부라 집에 들어가 봐야 보낸 사람을 알 수 있다는 것이었다. 궁금함을 잠시 참고, 택배 상자를 열었다. 어른 주먹만 한 크기의 한라봉이 상자 안을 가득 채우고 있었다. 한 개를 집어서 살짝 까본다. 껍질을 벗기는 순간, 한라봉 향이 코끝으로 스미고 입에는 벌써 침이 한가득이다. 반으로 탁 쪼개어 한 알을 입속으로 넣어 본다. 누가 보낸지도 모르는 정체불명의 한라봉은 맛만큼은 확실했다. 한라봉 향이 신발장을 가득 채우고 가족들이 저녁을 먹을 즈음, 과수원에서 전화가 왔다. 보낸 사람의 이름을 알려 주었다. '정 연 옥'. 정연옥 선생님은 중학교 2학년 때 나의 담임선생님이다. 작년 겨울에도 제주를 다녀 가셨는데 웬 귤이지? 우리가 귤농사를 짓는 것도 알고 계시고, 심지어 우리 귤도 사서 드셨는데 말이다. 선생님과 통화를 했다. 과수원 주인과는 사돈 관계라고 했다. 상품은 아닌데, 집에서 먹기 좋은 크기라며 제자 3명에게 한 박스씩 보낸 것이다. 귤농사를 하고 있는 나에게도 말이다. 그래서 더 찐한 감동이 전해졌다.

구포여자중학교 2학년, 내 나이 15살. 지금은 상상도 안 되는 나이다. 미혼이던 선생님은 그 시기에 지금의 남편을 만나

결혼을 하셨다. 난 그때 부반장이었고, 선생님께서 많이 예뻐해주셨다. "못난 나보다 더 야무지고 똑똑한 선화에게"로 시작된 편지 한 장을 지금도 코팅을 해서 들고 다닌다. 선생님 결혼식에는 친구 대여섯 명이 초대되어 축가도 불렀다. "함께 나누는 기쁨과 슬픔"으로 시작되는 그 노래는 머릿속에 여전히 선명하게 남아있다. 선생님께서는 신혼여행을 다녀온 뒤, 집으로 우리를 초대해서 비디오로 녹화된 축가 모습도 보여 주셨다. 그렇게 세월은 흘러 "선생님, 저 제주로 시집 가요."로 시작되는 편지와 함께 잠시 서로에게 잊혔다. 휴대폰 번호가 바뀌고, 그렇게 서로가 잊히나 싶었다. 선생님을 다시 찾은 건, 교육청 사이트에 들어가 '정연옥' 이름 세 글자를 입력하고 나서부터다. 딱 한 분의 선생님이 현직에 남아 계셨다. 수업 중이어서 내 이름과 전화번호만 남기고 끊었다. 오후 다섯 시쯤, 선생님께 전화가 걸려 왔고 우린 이산가족마냥 격앙된 목소리로 서로의 안부를 묻고 답했다. 그 뒤로 선생님과 여행도 같이 가고, 세주나 부산에서 가끔 만난다. 퇴임을 2년 남겨두고 계신 선생님. 알고 보니 우리랑 겨우 10살 차이가 났다. 우리가 15살이었을 때, 선생님은 25살이었던 거다. 그 시절에는 엄청 어른처럼 보였는데 말이다. 이제 선생님과 함께 나이 들어간다.

스승의 날이 다가와서 친구들이랑 오메기떡 세트를 보냈더니, 받기도 전에 '고맙다'는 문자부터 먼저 하시는 선생님. 부산 진 시장에서 싸고 좋은 거 보니 우리들 생각이 났다며 양말과 속 옷세트를 보내주시는 선생님. 편한 바지 하나 사서 입었더니 너무 좋더라며 색깔별로 하나씩 나눠주시는 선생님. 넉넉한 선생님 덕분에 우리도 덩달아 넉넉해졌다. 받은 만큼 나누는 삶을 살고 싶다. 서로에게 다정하고 따뜻한 온기를 느낄 수 있 는 사람으로 말이다. 선생님, 지금처럼 건강하셔야 해요. 아니, 함께 건강해요. 선생님 퇴임하고 나면 우리 같이 놀러 다녀요.

다가오는 명절에는 친구들과 의논해 동문시장에서 옥돔 한 상자를 보내야겠다. 옥돔 앞뒤로 참기름 듬뿍 발라 노릇노릇 하게 구워 남편분과 한잔 기울일 선생님 생각에 덩달아 내 입 꼬리도 옥돔 꼬리만큼 올라가 있다.

보이차 찻잔 위로
이야기가 흐르고

유연성은 변화에 개방적인 태도를 말합니다. 당신은 자신의 방식만을 고집하지 않으며 다른 사람의 생각과 의견을 존중합니다. 유연성을 가지고 일을 추진하면 창조적인 길이 새롭게 열립니다. 또 잘못된 습관을 버리고 새로운 방법을 익히게 됩니다. 유연성은 우리가 보다 나은 방향으로 계속 발전하도록 도와줍니다.

책장에서 수업할 그림책 한 권을 살며시 빼는 순간, 사진 한 장이 툭 떨어진다. 절에서 입는 법복을 입고 오른쪽 끝에서 환하게 웃고 있는 스물세 살의 내가 보인다. 양산 통도사 템플스테이 단체사진이었다. 웃고는 있었지만, 그때가 내 인생에서는 나름 힘든 청춘의 시간이었다.

95년 겨울 캐나다 어학연수를 다녀온 나에게는 많은 변화들이 있었다. 가까이 지내던 친구의 옆에는 새 여자친구가 있었고, 다른 음식문화로 인해 살도 많이 쪘었다. 힘들고 아팠던 그때, 후배와 통도사 템플스테이를 하기로 결정했다.

후배와 나는 감정적으로 매우 힘든 시간을 보내고 있었고, 템플스테이를 도피처로 생각했는지도 모른다. 지금 돌아보면 3박 4일 동안 명상하고 절하고 법문 들으면서 그 힘든 시간을 잘 버텨냈던 것 같다. 실수로부터 배우고, 다른 사람의 심정이나 생각도 마음을 열고 들여다보는 여유도 생겼던 것 같다.

그 힘든 가운데서도 가만히 돌아보면 행복했던 순간들도 있었다. 졸졸졸 흐르는 계곡물 따라 걷다가 발도 담그고, 스님과 물장난도 치면서 까르르 웃었던 기억도 난다. 그때 그 스님도 사진 속에서 함께 웃고 있었다.

그 이후에도 전국의 절을 다니며 템플스테이를 했지만, 통도사에서의 첫 템플스테이가 가장 기억에 남는다.

5년 전, 가족들과 부산에 갔을 때 통도사에 들렀다. 스님의 안부를 여쭈었더니 창녕에 있는 절로 잠깐 가셨다고 했다.

그리고 작년, 대구에서 아는 언니와 들른 통도사 근처 불광
사. 주지스님과 이야기를 나누다가 그때 그 스님이 다시 통도
사로 오셨다는 얘기를 듣고 인사를 드리러 갔다.

통도사 템플스테이 단체사진에서 환하게 웃던 스님이 툇마
루에 걸터앉아 반갑게 맞아주셨다. 따뜻한 보이차 찻잔 위로
그때의 얘기들이 흐르고 있었다.

나의 첫 템플스테이 인연이 지금까지도 이렇게 연결되어 있
다니 감사한 일이다. 스님께서 사계절 풍경을 담은 통도사 달
력을 보내주셨다. 나도 고운 귤만 골라 스님께 보내드렸다.

어둡고 깜깜한 길을 걸을 때는 하늘을 보라는 스님의 말씀
을 떠올리며, 삶이 막막하고 갑갑하고 힘들 때는 근처 사찰을
찾게 된다.

스물세 살, 깜깜하고 어두운 숲길을 걸어서 내려올 때 하늘
이 알려준 그 길을 기억한다. 지금도 힘들거나 막막한 순간이
오면 나도 모르게 하늘을 보는 습관이 있다.

오늘따라 제주의 하늘이 더 푸르다.

이상
품기

술 한 잔을 올린다

　　　　　　　이상을 품으면 삶에서 과연
무엇이 의미 있는지, 무엇이 바른 길인지를 늘 생각하게 됩니
다. 이상을 지닌 사람은 자신의 신념을 따르고 삶의 의미를 음
미하며 살아갑니다. 과감하게 큰 꿈을 꾸고 변화를 추구하며,
그것이 가능하다는 믿음을 갖고 행동합니다.

　열 명의 여전사들이 사려니숲길을 걷고 있다. 전사들의 손
에 든 건 총 대신 노트와 연필이었다. 비 온 뒤라 그런지 초록
잎이 선명하고 하얗게 피어오르는 산딸나무꽃이 곱다. 허리까
지 차오른 조릿대 사이를 손으로 헤쳐가며 그 남자를 만나러

가는 길이 쉽지만은 않다. 침묵의 금지령을 내린 것도 아닌데 다들 말이 없다. 사락사락 조릿대 사이로 발자국 소리만 선명하다. 독수리만 한 까마귀들이 일행들 앞에서 날고 있다. 깍깍거리며 "이쪽으로 오세요." 하며 길을 안내해 주는 것 같다. 김경훈 시인의 안내를 받으며 도착한 이덕구 산전에는 벌써 누가 다녀갔는지 국화꽃 한 송이가 덩그러니 놓여 있다. 철로 만든 상 위로 가져간 음식들을 꺼내 놓는다. 밤새도록 구웠다는 문학회 회장님의 돼지고기 산적과 옥돔, 그리고 과일, 떡. 준비해 온 음식들이 모습을 드러낸다. 살아있는 우리들이 할 수 있는 최소한의 성의다. 철상 위에 새겨진 숟가락과 젓가락에 뭉클하고, 희미하게 남아있는 김경훈 시인의 〈이덕구 산전〉 시구가 촉촉하다.

우린 아직 죽지 않았노라

우리의 싸움은 아직 끝나지 않았노라

내 육신 비록 비바람에 흩어지고

깃발 더 이상 펄럭이지 않지만

울울창창 헐벗은 숲 사이

휘돌아 감기는 바람소리 사이

까마귀 소리 사이로 나무들아 돌들아 풀꽃들아

말해다오 말해다오

메아리가 되어 돌 틈새 나무뿌리 사이로

복수초 그 끓는 피가

눈 속을 뚫고 일어서리라고

우리는 싸움을 한 번도 멈춘 적이 없었노라고

우리는 여태 시퍼렇게 살아 있노라고

- 김경훈, 「이덕구 산전」

지금은 사람들이 다녀서 길이라도 생겼지만, 그 당시엔 어둡고 깊은 이곳을 어떻게 왔을까? 살기 위해 기어서 이곳을 왔을 사람들을 생각하니 마음이 아리다. 역사의 바른길을 찾으려 애썼던 사람들, 그 이름조차 알지 못하는 우리들. 이렇게라도 찾아와서 술 한잔을 올린다. 문학회 동료들과 동그랗게 앉아 음복을 한 뒤, 가져온 시들을 나눈다. 이덕구 산전에 관한 시들이 생각보다 많이 있었다.

까마귀 한 마리가 내 오른쪽 어깨에 똥을 갈겼다. 열 명의 사람 중에 내가 맞을 확률은 얼마나 될까? 이것 또한 뭔가 의미가 있을 거라 여기며, 앞으로 내가 해야 할 작은 일이 있음을 직감한다. 함께 온 사유진 감독님은 이덕구 산전에 올해만 3번째라고 했다. 이곳에서 자꾸 감독님을 부른다며, 우리가 함께 할 무엇이 있음을 다시 새긴다. 비가 살짝 흩날렸다. 서둘러 짐들을 정리하고 올라왔던 조릿대길을 사그락사그락 빠져나간다. 앞서갔던 까마귀가 뒤에서 아까보다 더 큰 소리로 울어댄다. 또 오라고 말을 건네는 것 같다. 난 이덕구 산전은 처음 와봤고, 4·3 인민 유격대장이었다는 것밖에 모른다. 주민들이 살기 위해 이 깊은 산중으로 숨어들어 왔을 텐데, 이곳에서 은신 생활을 하며 힘들었을 그 모습을 상상해 본다. 지금도 움막을 지었던 흔적이 있고 음식을 해 먹었던 무쇠솥과 그릇들이 널려 있다. 제주 4·3유적지라고 푯말이 있긴 하지만, 애써 찾지 않으면 잘 모르는 곳이다. 오늘을 계기로 우리도 관심을 가지고 알아나가기로 했다. 잊지 않고 다시 오기로 다짐을 하며 한 줄로 좁은 숲길을 내려왔다. 가느다란 빗줄기가 제법 굵어지더니 머리와 어깨를 적셨다. 우리는 다시 침묵을 장착하고 내려왔다. 사 감독님이 마지막에 낭독했던 세네갈 시인의 〈혼령〉이라는 시의 시구가 자꾸 귓가에 맴돌았다.

죽은 이들은 영원히 가버린 것이 아니에요.

그들은 빛나게 될 어둠 속에 있고

어두워지게 되는 어둠 속에 있을 뿐이에요.

죽은 이는 땅속에 있지 않고

흔들리는 나무 속에도 있고

슬피 울고 있는 숲속에도 있고

고여있는 물속에도 있고

오두막 속에도 있고 군중 속에도 있어요.

죽은 이는 결코 죽지 않았어요.

- 비라고 디오프, 〈혼령〉 중에서

누구에게나 상처가 있다

이해는 주어진 사물의 실체와 그 의미를 파악하기 위해 세심한 주의를 기울이는 것입니다. 이해력을 기르면 놀라운 생각과 통찰력을 얻게 됩니다. 이해심을 가지면 다른 사람의 입장에 공감하고 그들에게 따뜻한 마음을 갖게 됩니다. 이해력은 생각하고 배우고 또 남을 배려하는 데 필요한 힘입니다.

아침 산책 후, 다음 일정까지 여유 시간이 남았다. 책을 읽을까? 필사를 할까? 고민하다가 우연히 눈에 들어온 영화 한 편이 있었다. 제목도 궁금증을 불러일으켰고, 35년 동안 만나지 못한 엄마를 찾아와 열흘만 같이 있어 달라고 한 그 사연이 궁금했다. 책과 필사노트를 밀어넣고 영화 〈일요일의 병〉에 집중했다. 뭔가 시니컬한 장면에 매료되어 배고픔도 잊은 채 몰입했다. 호숫가에 죽어가고 있는 새를 안아서 눈을 감겨주고 돌로 내려치는 장면, 자신이 키우던 개를 낯선 개인 양 안아서 목욕시키는 장면 등 복선으로 짐작되는 장면이 많았다. 어릴 적 엄마에게 돌봄과 사랑을 받지 못한 그 어린아이가 성인이 된 지금 애정을 갈구하고 있었다. 마치 엄마 들으라는 듯 개에게 거칠게 내뱉는 장면이 인상적이었다.

"혼자서 무서웠지? 아무도 널 못 찾을 줄 알았지? 그 구덩이 속에 혼자 남겨질 거라고 말이야." 그걸 왜 엄마는 모르겠는가? 자신을 향해 내뱉는 말이라는 것을. 열흘 동안 엄마랑 지내면서 엄청난 복수를 할 줄 알았다. 오히려 엄마를 혼자 내버려두는 것이 복수인 건가 할 정도로 고요하고 조용했다. 그러나 그 고요함 뒤에는 A급 태풍의 강렬함과 거친 소용돌이가 휘몰아치고 있었다. 그렇게 하루하루 시간을 보내며 보이지 않던 속내들을 조금씩 내보인다. 그러던 중, 엄마는 딸의 병을 알고, 곧 죽는다는 사실도 알게 된다.

"원하는 게 뭐니? 널 돕고 싶어서 그래." 엄마의 말에 딸은

한 가지 부탁을 한다. 엄마의 귀에 대고 말하는 장면-강력한 바람이 불어서 어떤 말인지는 알 수 없었지만, 엄마의 일그러진 표정에서 미루어 짐작했다. 자신을 죽여달라는 딸의 요구를 엄마는 받아들일까? 딸을 버린 엄마에 대한 복수 정도의 이야기려니 생각했는데 거기서 끝나지 않았다. 강렬했고 죽음을 선택하는 이야기까지 끌어내는 무거운 작품이었다. 무거운 주제를 담담하게 그려내는 작가에 대해서도 궁금증이 들게 하는 영화였다. 호숫가에서 딸과 자신의 옷을 벗고 딸의 요구를 들어주는 엄마. 자궁에서 태어난 아이, 그 물속은 마치 자궁을 상징하는 것처럼 느껴졌다. 버려졌으나 마지막은 다시 엄마의 품에서 죽어가는 딸. 딸의 부탁을 존중해주는 마지막 장면-나라면 어땠을까? 자신을 죽여달라는 딸의 요구를 들어주었을까? 어떠한 대답도 하지 못하겠다.

"엄마를 이해해요."

"뭘?"

"전부 다요."

마지막 대사가 아프다. 딸이 육체적으로 고통스럽고 아팠지만, 정신적으로 치유되어 떠난 것이 조금은 안심이 된다. 누구나 크건 작건 상처가 있다. 그 상처를 숨기지 말고 드러내어 잘 말리고 펴서 치유해야 한다. 상처에 딱지가 앉고 그 딱지가 떨어져 새살이 돋는 그날, 우리는 서로 마주 보며 이해의 눈빛과 화해의 악수를 나눌 수 있을 것이다.

인내

ALL is well

인내는 일이 제대로 잘 풀 릴 것이라는 차분한 믿음이며 희망입니다. 당신은 불평하지 않고 기다릴 수 있습니다. 너그러운 마음으로 어려움과 시행 착오를 받아들일 수 있습니다. 일을 시작할 때 당신은 머릿속 에서 그 끝을 그립니다. 당신은 자신이 정한 목표에 다다르기 위해 꾸준히 노력할 수 있습니다. 인내는 미래에 대한 헌신입 니다.

15일간의 아일랜드 여행을 마치고 제주로 돌아왔다. 로밍 은 하지 않고 갔지만, 모든 문자 수신은 무료로 알고 있다. 오후 다섯 시쯤 인천공항에서 짐을 찾고, 다시 김포로 리무진을 타고 이동했다. 제주로 가야 하는 우리에게 8시 30분 비행기가 한번 더 남아 있었다. 제주 도착 9시 30분. 짐을 찾아 365번 버스를 타고 집에 도착한 시간은 10시 30분쯤. 유심칩을 갈아 끼우고 휴대폰을 다시 켰다. 내가 받지 못한 문자들이 줄줄이 비엔나처럼 하나씩 들어오고 있었다. 내가 여행을 간 줄 모르는 친구들의 안부 문자, 여행에서 돌아온 줄 알고 목소리라도 들으려고 한 지인의 문자, 그 외 다양한 소식을 전해주는 문자들의 향연이었다. 그중에 심장이 쿵~ 하고 떨어지는 문자 한 통이 있었다. '2024년 예술활동준비금지원사업(일반) 선정자 대상 제출 서류보완 필요, 추가 제출기간 ~8월 20일 24:00' 문자를 읽은 시간은 밤 11시가 다 되어가고 있었다. 고작 한 시간 남짓 남은 상황이었다. 보름 만에 집에 돌아와 안도와 감사의 마음을 누릴 새도 없이 한 통의 문자로 심장의 박동수가 갑자기 빨라지고 있었다. 기한 내에 보완해서 제출하지 않으면 불이익을 당할까 봐 미리 겁먹고 있는 나를 발견했다. 수정 가능한 시간이 한 시간 정도 남았기 때문에 노트북을 켜고 있는 내 손이 미세하게 떨리고 있었다. 예술활동준비금 시스템에 들어가 신청내역을 확인했다. 특이사항을 발견하지 못했다. 늦은 시간이라 전화도 할 수 없는 상황이었다. 여행 중이라 문자 확인이 늦었고, 20일 늦은 오후에서야 상황을 알게 되었고 등등 구구절절 이러저러한 이유를 메일로 보냈다. 일이 지연되거나 혼란스러울 때도 차분히 대처하고 변경할 수 없는 것은 유머와 품위로 받아들이는 내 평소 지론을 믿으면서 말이다. 그리고 내가 할 수 있는 것들은 최선을 다했고, 이미 내 손을 떠난 일이니 마음을 가라앉히고 기다리는 수밖에는 없다.

다음 날 아침, 9시가 되자마자 담당자와 통화를 했고, "불이익은 없을 겁니다. 순차적으로 연락이 갈 테니 조금만 기다려 주세요."라는 답변을 들었다. 그제서야 진정한 여행 이후의 쉼을 만끽할 수 있었다. '될 일은 되고, 아닌 것도 다 그러한 이유가 있을 테지.'라고 생각은 하면서도 지원받은 금액이 날아가고 책을 만들지 못하게 될까 봐 내 맘은 흔들리고 있었던 것이다.

다시 한번 나약한 나의 마음을 찐하게 확인하는 순간이었다. 8월 29일 다시 서류보완 요청 문자가 왔고, 기다리고 있던 나는 번개보다 빠르게 수정해서 올렸다. 추가제출 기간이 9월 5일까지니 전화를 걸어 정확하게 확인을 해보려고 한다. 오전 9시가 되기를 기다리고 있다. 내 안에 있는 인내의 미덕을 다시 한번 발휘할 때이다.

고
마
운
말
한
마
디

인정이 있다는 것은 누군가 상처를 입었거나 어려움에 처했을 때, 설사 모르는 사람이라도 그의 아픔과 어려움을 이해하여 따뜻하게 마음을 쓰는 것입니다. 비록 하소연을 들어주거나, 다정한 말 한마디밖에 해줄 수 없다 해도 그를 도와주고 싶어 하는 마음입니다. 인정이 많은 사람은 다른 사람의 실수를 용서해 줍니다. 누군가 친구를 필요로 할 때는 그의 친구가 되어줍니다.

코로나로 수업은 많이 줄었지만 다른 일정들로 바쁘게 지내고 있었다. 몸이 이상해지고 있음을 감지한 건 작년 겨울쯤이었고, 아니 정확히는 무릎관절에 무리가 오면서부터였다. 운동량도 100에서 10으로 줄고, 코로나로 인해 모든 것으로부터 제약이 많은 2년의 시간이었다. 20년 다니던 새벽 에어로빅도 몇 달 쉬고 올레길 걷는 것도 현저히 줄었다. 일 년 동안 체중이 6kg이 늘었다. 단순히 살이 찌는 것이라고 생각했다. 주변 언니들도 갱년기가 시작되나 보다 했고, 나 스스로도 호르몬 변화인가 느낄 정도로 다리가 붓고 허리둘레와 아랫배도 늘어나기 시작했다. 살이 찐다고만 생각했으니까 다시 운동계획을 세웠고, 식단 조절도 철저하게 했다. 5시 이후부터 다음 날 10시까지 물 외에는 어떤 것도 섭취하지 않았다. 딱 한 달 되는 날, 기대했던 몸무게의 변화는 1도 없었다. 아랫배는 더 묵직해오고 변비도 심해지고 모든 것이 불편했다. 아랫배가 묵직하다 못해 딱딱해지고 육안으로 봐도 볼록하게 튀어나와 있었다. 이건 아무리 생각해도 이상하다 싶었다. 산부인과를 찾았다. 초음파와 내진을 하자마자 의사선생님이 놀라시며 소견서 써 줄 테니 빨리 병원 가서 진료하고 수술날짜를 잡으라고 했다. 자궁에 20cm가 넘는 혹이 있다는 거였다. 진료와 동시에 바로 수술하라고 하는 환자는 처음이라면서……

갑자기 오만가지 감정이 다 올라왔다. 살이 쪘다고만 생각한 나 자신에게도 화가 났고, 2년 전 건강 검진한 건 제대로 한 건가 의심스러웠고, 더 빨리 와 볼걸 후회도 했다. 하지만 다 부질없는 일. 남편과 통화 후, 제주대학교 병원 쪽으로 운전대를 돌렸다. 주차장에 도착해서 잠시 흐르는 눈물을 닦고 있는데 전화가 왔다. 문학회 언니였는데 원고독촉 전화였다. 그 전날이 원고마감이었는데 내가 정신이 없어 제출하지 못한 것이다. 감정을 누르고 전화를 받았는데, 갑자기 꾹꾹 참았던 눈물샘이 터졌다. 언니가 놀랐고, 자초지종을 얘기했더니 "선화야, 언니가 지금 병원으로 갈까? 같이 가줄까?"라고 했다. 그 말 한마디가 참 고마웠다. 감정을 추스르고 괜찮다고 혼자 갈 수 있다고 했다. 언니는 재차 물었지만 그 마음만 받기로 했다. 일하던 남편도 산양에서 오겠다는 걸 말린 나니까 말이다. 언니는 진짜 괜찮겠냐며 지금 바로 올 수 있다고 했다. 지금도 언니의 그 말 한마디 "같이 가 줄까?"가 귓가에 맴돈다. 힘이 되는 말이었다. 참 고마운 말이었다. 나도 누군가에게 힘이 되는 말을 해주는 사람이고 싶다. 아프고 힘들 때 옆에서 토닥토닥해 줄 수 있는 따뜻한 사람이고 싶다. 비가 올 때 우산을 건네는 것도 좋지만, 그 비를 함께 맞아주는 것도 큰 힘이 될 것 같다.

자율

밤
산
책

자율은 자신을 감독하고 통제하는 능력을 말합니다. 바람에 흔들리는 잎처럼 되지 않고, 자신이 진정으로 원하는 것을 해 나가는 것입니다. 단순히 수동적으로 반응하기보다 스스로 자신의 행동을 선택하는 것입니다. 자율을 통해 당신은 일을 보다 체계적이고 효율적으로 수행할 수 있습니다.

아일랜드 땅을 밟기까지 16시간 비행기를 타고 온 우리는 몽롱한 상태였다. 비행기에서 야금야금 잠을 자긴 했지만, 옆 사람이 화장실 갈 때는 같이 일어나야 하고 앞자리 사람이 좌

석을 뒤로 젖힐 때는 깜짝깜짝 놀라 깊은 잠을 잘 수가 없었다. 비몽사몽으로 16시간을 버티며(그래, 긴 비행을 버텼다는 말이 맞다.) 도착한 아일랜드. 흐릿한 하늘과 차가운 바람이 우리를 맞이해 주었다. 다시 1시간 30분가량을 차로 이동해 우리가 묵을 숙소가 있는 워터포드에 도착했다. 워터포드는 남동부 해안에 위치한 9세기 바이킹의 정착지였던 역사적인 도시이다. 중세시대부터 중요한 항구도시로 발전했으며 현재는 아일랜드에서 세 번째로 큰 도시라고 한다. 숙소에 도착한 우리는 배정받은 방에 짐을 풀었다. 102호라서 '아, 1층이겠구나.' 생각했더니 오산이었다. 가파른 계단 세 번을 올라가야 만날 수 있는 객실 102호. 다들 20kg 정도는 되는, 몸보다 큰 캐리어 하나씩을 들고 계단을 올라가는 모습이 마치 한라산을 등반하던 때와 유사했다. 하지만 캐리어의 무게는 감당할 만큼의 짐일 테니 힘들어도 들고 옮겨야만 했다. 아마 누군가는 '내가 왜 이렇게 짐을 많이 들고 왔지?' 하며 후회하고 있을지도 모르겠다. 좁은 복도 끝에 위치한 102호에 짐을 풀고 잠시 쉬기로 했다. 저녁은 호텔식이 1인당 5만 원이어서 각자 해결하기로 했다. 기내에서 챙겨온 김치가 있긴 했지만, 딸과 나는 목욕과 쉼을 택했다. 충분히 쉬었다가 8시쯤 숙소 근처를 산책하기로 했는데 딸은 거의 기절 상태라 깨울 수가 없었다. 노어강 주변을 걷고 싶어서 갈 만한 회원에게 문자를 보냈고, 9시 30분쯤 급조된 5명이 밤 산책을 시작했다. 숙소 앞 횡단보도를 건너 강가 근처로 도착한 우리는 아일랜드의 첫날을 만끽하며 걸었다. 밤 10시가 다 되어가는데도 백야의 영향을 받는 나라다 보니 초저녁만큼 환했다. 따스한 조명이 노어강을 비추고 하늘과 강은 서로의 파랑을 견주듯 뽐내고 있었다. 술에만 취하는 것이 아니라 블루한 조명에 취해 눈빛이 몽롱해졌다. 한참을 걸어가다 습한 기운이 느껴지고 시내 뒷골목에서 나는 맥주향이 코끝을 스쳐 잠시 멈추었다. 아니나 다를까, 왼쪽으로 큰 맥주공장이 있었다. 아일랜드는 유명한 흑맥주 기네스가 만들어지는 곳이라 술을 잘 먹지 못하는 나지만 잔뜩 기대를 가지고 왔다. 아이리쉬 펍에서 기네스 생맥주를 벌컥벌컥 마시는 장면을 여러 번 상상했었다. 남포동 뒷골목, 서면 중심가 아니면 제주 탑동 주변에서 날 만한 맥주향이 진하게 올라왔다. 맥주향을 뒤로하고 파란 하늘빛을 보며 걸었다. 고단하기도 하지만 설레는 아일랜드 첫날이 그렇게 강물처럼 흐르고 있었다. 우리의 여행이 저 강물처럼 평화롭고 순조롭기를 마음속으로 조용히 기도하며 숙소로 발걸음을 옮겼다.

폭
낭
의

아
이
들

　　　　　　　　　　　정의롭다는 것은 누구든지
공정하고 공평하게 대우하는 것입니다. 모든 사람이 승자가
되도록 문제를 해결하는 것입니다. 당신은 선입견 없이 모든
사람을 온전한 인격체로 존중합니다. 누군가 폭력을 휘두르
거나 속이거나 거짓말을 하면 당신은 그것을 용납하지 않습니
다. 정의를 수호하기 위해서는 용기가 필요합니다. 정의의 편
에 서면 때로 혼자가 될 수도 있습니다.

　그날도 오늘처럼 온 세상에 하얗게 눈이 내렸다. 제주의 하
늘길과 바닷길을 막아버린 날, 눈은 온 세상의 소음을 다 삼켜

버린 듯 고요했다. 그 고요함을 뚫고 창문 틈으로 새어 들어오는 바람 소리가 마치 어린아이 울음소리 같았다. 엄마 품에 안겨 배고파서 크게 울지도 못하고 겨우겨우 숨이 붙은 아이, 그러다 운 좋게 살기도 하고 또 어떤 아이는 죽기도 한다. 제주 4·3 때 희생된 사람 중, 10세 미만의 영유아가 800명이 넘는다고 한다. 나도 실은 잘 몰랐던 이야기다. 〈폭낭의 아이들〉이라는 예술영화의 스태프로 참여하면서 알게 된 사실이다. 4·3 평화공원 각명비에 새겨진 아이들, 이름도 없어 김아무개의 자 (3세)라고 적혀있는 아이. 무명천에 이름을 새기고 한 명 한 명 이름을 불러주는 명명작업을 했다. 처음엔 울음이 앞서 목구멍에서 이름이 나오지 않았다. 아니, 울음이 이름을 삼켜버렸다. 하늘을 올려다보며 이름을 부르는데, 눈물과 콧물이 범벅이 되었다. "○○야" 하고 이름을 부르는데 처음엔 목소리가 모기만 했다가 점점 커졌다. 아이들의 이름을 불러주면 그 영혼이 날개를 달고 하늘 위로 훨훨 날아오를 것만 같았다. 이름을 부른 뒤, 그 천을 다시 상자에 차곡차곡 담았다. 그리고 우리는 걷기 시작했다. 평화순례길이 시작되는 순간이었다. 하늘에서 내리는 눈은 모든 소리를 삼켰지만, 풍경소리는 계속 우리의 걸음을 따라왔다. 눈발은 거세어지고 손은 시렸지만,

우리들의 마음속 품은 열정은 뜨거웠다. 4·3 평화공원에서 너븐숭이 기념관까지는 꼬박 5시간이 걸렸다. 길 위에서 만난 여러 가지 풍경이 있었지만 제일 인상적이었던 것은 신촌에서 만난 보자기마음 주인장이었다. 꽁꽁 언 몸을 녹이고자 우연히 들렀던 그곳에서 우린 동백송이를 품게 되었다. 우리의 취지를 듣고, 보자기마음 주인장이 〈폭낭의 아이들〉 후원자로 선뜻 마음을 나눠주셨다. 길 위에서 우린 또 사람을 얻었다. 왼쪽 엄지발가락에 물든 작은 멍쯤은 쉽게 잊을 수 있었다. 보자기의 훈훈한 마음을 안고, 걷고 또 걸어서 북촌 너븐숭이 기념관에 도착했다. 우리는 가지고 온 아이들의 이름이 든 상자를 애기무덤에 같이 묻었다. 갑자기 바람이 조금 더 세게 불었고, 풍경소리가 선명하게 귓가를 스쳤다. 아이들이 고맙다고, 즐거운 소풍길이었다고 말하는 것 같았다. 제주의 길 위에서 만난 따뜻한 온기들 덕분에 우린 서로의 눈을 바라보며 웃을 수 있었다. 오늘같이 온 세상을 덮을 만큼 눈이 수북하게 오는 날, 너븐숭이 애기무덤이 잘 있나 궁금해진다. 날이 조금 풀리고 길이 열리면 한번 다녀올까 한다. 유난히 현관 앞 풍경소리가 크게 들리는 날이다.

오
래
된
통
증

중용은 우리의 생각과 일상의 삶 속에서 건강한 균형을 이루어 나가는 것입니다. 일과 놀이, 휴식과 운동, 정신적인 삶과 물질적인 삶 중에서 자신이 좋아하는 것만 한다거나 어느 한 가지에 매몰되는 일이 없이 자신의 삶과 시간을 균형 있게 관리하는 것입니다.

밤새 통증으로 끙끙 앓았다. 아침에 눈을 뜨자마자 정형외과로 향했다. 안내받은 곳으로 가서 침대와 한몸이 되었다. 간호사가 뜨거운 찜질팩으로 오른쪽 어깨를 묶어 주었다. 마치 처음부터 찜질팩이 내 어깨에 있었던 것처럼. 따뜻한 기운이 어깨부터 시작해 온몸으로 스며든다. 통증을 느낄 수 있는 지금을 감사하기로 했다. 어쩌면 내가 살아있다는 것을 느끼는 순간이니까. 통증과 뜨거운 기운을 동시에 느끼고 있던 즈음, 커튼 사이로 두 사람의 대화가 흘러나온다. 옆에서 목소리가 나직한 할머니의 목소리가 들린다. 간호사가 들어온 모양이다.

"할머니, 어디가 제일 아프세요?"

"손가락, 손바닥, 손등 안 아픈 데가 없어요."

할머니의 고단한 삶이 느껴졌다. 모기만 한 할머니의 목소리에서 온몸 가득한 고단함을 느낄 수 있었다. 갑자기 내 오른쪽 어깨의 통증이 거짓말처럼 감소되는 느낌이었다.

할머니의 오래된 통증 앞에서 내 통증은 아무것도 아닌 것처럼 되어 버리는 순간이었다. 나는 물리치료가 다 끝나서 내려왔지만, 할머니 있는 쪽으로 눈길이 갔다. 몸 전체를 다 볼 수는 없었지만, 가느다란 발목이 커튼 틈으로 살짝 보였다. 한평생 자식들을 위해 일하느라 몸 한번 제대로 펴고 누워보시기는 한 걸까? 이제야 통증 가득한 몸을 끌고 작은 병실 침대에 누워있는 할머니를 보니 짠하다.

그리고 십 남매를 키워낸 나의 외할머니가 떠올랐다. 외할머니는 생각만 해도 눈물이 난다. 쓸 때 울음이 온다면, 혹은 울다가 무언가를 쓰고 싶어졌다면 일단 기뻐하라던 박연준 시인의 글귀가 생각난다. 감정의 넘침을 받아내고, 또 받아내고, 흠뻑 젖어서 쏟아내라던. 외할머니의 이야기는 시나 에세이로 다 쏟아낸 것 같은데, 아직도 이리 뜨겁고 축축한 눈물이 나오는 걸 보면 멀었나 보다. 이 세상 모든 할머니를 보면, 또 저렇게 누워계신 어르신만 보면 가슴 아래쪽이 뻑적지근하다. 내 치료가 끝나서 침대에 잠시 걸터앉았다가 일어나는데 쉽사리 발걸음이 떨어지지 않았다. 그래도 다시 힘을 낸다. 내 통증에 더 귀 기울이고 내 몸 돌보기에 집중하자고 다짐해 보면서 말이다. 이번이 더 건강해질 수 있는 기회일지도 모른다. 이 고비만 잘 넘기면 난 다시 훨훨 날아다닐 테니까.

"할머니, 치료 잘 받고 가세요."

내 목소리를 들었는지 말았는지, 당신에게 하는 말인지 아닌지 알지 못한 채 할머니의 작은 호흡만이 새어 나온다. 고단한 하루가 침실 밖으로 빠져나오는 오늘은 5월 8일 어버이날이다.

존중

그
리
움

존중은 무언가를 귀하게 여
거 보호해 주고 지켜주는 것입니다. 공손한 말과 행동으로 모
든 사람을 존중해 주세요. 자신이 속한 가정, 학교, 직장, 나라
가 정한 규범을 존중하세요. 그러면 다른 사람들도 당신을 귀
하게 여겨 존중해 줄 것입니다.

고깃집 계산대 위 조그만 소쿠리에 박하사탕이 있다. 하나
를 집어 든다. 손으로 만지작거리면, 덩달아 떠오르는 외할머
니 얼굴에 코끝이 시큰하다. 지금 당장 만나고 싶은 사람을 꼽
으라면 한 치의 망설임도 없이 외할머니라고 말할 수 있다. 외

할머니는 누구에게나 예의를 갖추어 이야기를 하셨다. 머리카락을 비녀로 쪽지어 올림머리를 하시고, 하얀 고무신을 즐겨 신으시던 외할머니. 할머니는 언제나 박하사탕을 휴지로 돌돌 말아 저고리에 넣어두고선 우리가 가면 건네주셨다. 외할머니의 막내아들인 외삼촌의 아이들에게도 허락되지 않았던 박하사탕. 그 박하사탕은 일곱째 막내딸의 아이들인 우리의 몫이었다. 요즘은 그 흔한 고깃집 계산대 위에 덩그러니 올려져 있는 그 박하사탕 말이다. 휴지가 달라붙은 그 박하사탕이 무어 그리 맛있을까마는 언제나 외할머니를 만나고 돌아오는 남동생과 내 입속에는 까실까실한 박하사탕이 들어 있었다. 까실한 면이 부드럽게 변하고 박하 향이 입속 가득 넘쳐나면 방금 만나고 온 외할머니가 벌써 보고 싶어졌다. 아니, 정확히 말하면 박하사탕이 또 먹고 싶은 거다. 그래서 다시 남동생의 손을 잡고 왔던 길을 되돌아가곤 했다. 검은색 머리카락이 박하사탕 색깔처럼 하얗게 변해버린 외할머니. 고깃집 박하사탕을 보면 외할머니가 그립고 생각이 난다.

할머니는 오일장이 되면 전어를 검은 봉지에 한가득 사 오셨다. 우리 집은 연립주택 일층이었는데 할머니는 고무신을 벗지도 않고 현관에 걸터앉아 칼등으로 전어의 비늘을 쓱쓱

벗겼다. 동생과 나는 할머니 곁에 바짝 붙어 앉아서 전어 한 점 얻어먹으려고 두 눈을 반짝거렸다. 할머니께서는 어슷썰기 한 전어를 초고추장에 듬뿍 찍어서 우리들 입에 넣어 주셨다. 고소한 전어 한 점이 오독오독 씹히고, 동생과 나는 다음 한 점을 고대하며 할머니 곁으로 몸을 밀착한다. 전어를 먹는 날은 술을 입에 대지도 못하는 할머니께서 한잔 하는 날이다. 전어는 꼭 소주랑 먹어야 된다고 하시며 투명한 소주잔에 반쯤 부어 마신다. 어른이 된 나는, 할머니께서 왜 소주를 드시는지 알 것 같다. 쓰디쓴 소주를 달다고 표현하시며 마시는 할머니의 깊은 속내를 조금은 알 것도 같다.

가을이 되면 우리 가족은 전어를 먹는다. 할머니 얘기를 안주 삼아 깨소금보다 더 고소한 전어를 음미한다. 그래서 할머니가 보고 싶으면 그 음식을 먹게 되나 보다.

오는 주말에는 박하사탕 한 봉지를 들고 부산에 계신 외할머니 산소를 찾아가 보려고 한다.

그리고 구포시장에 들러 전어 한 접시를 먹고 와야겠다. 당연히 소주는 소독용이라고 너스레를 떨며 한잔을 마셔야겠지. 입 안에 넣으면 싸한 향기를 뿜어내는 박하사탕과 고소한 전어는 내게 외할머니이자 그리움의 또 다른 이름이다.

박하사탕

김선화

갈비집 계산대 위 대나무 소쿠리에
까슬한 박하사탕 두어 알 남아 있다
댓돌 위 고무신마냥 외할머니 닮았다

저고리 안 깊숙이 휴지에 돌돌 말려
손녀 오면 주려고 넣어 둔 내리사랑
그리운 할머니 얼굴 내 가슴에 안긴다

달콤한 밀크커피 입가심 미뤄두고
추억의 가슴에서 꺼내온 사탕 하나
박하 향 가을 하늘이 입안에서 퍼진다

* 2016년 신인문학상 당선작

마음속에
꽃 한 송이가 피었다

진실하다는 것은 말과 행동이 참되다는 것입니다. 진실한 사람은 자신이 불리한 경우에도 거짓말을 하지 않습니다. 험담이나 편견을 귀담아듣지 마세요. 자신의 눈으로 진실을 보려고 노력하세요. 다른 사람에게 잘 보이기 위해 자신을 포장하려 하지 마세요. 자신의 진실한 모습을 보여주세요.

류시화 시인이 살고 있는 돌집 창고에서 북토크가 있다길래, 책꽂이에 꽂힌 시집부터 찾았다. 스무 살 그 시절에 많은 시집을 사서 읽었고, 지금도 다른 책은 정리해도 시집만은 가지고 있다. 시인의 시집도 좋아했지만, 외국 명상서적을 번역한 것이 좋아서 많이 샀던 것 같다. 나도 몰랐던 류시화 시인의 책이 책꽂이에 제법 많았다. 좋아하는 시인이 누구냐고 물으면 류시화 시인이라고 해도 무방할 만큼 많은 책이 있었다. 그 중에 잠언 시집《지금 알고 있는 걸 그때도 알았더라면》을 집어 들었다. 누렇게 바래진 면지, 꼬깃꼬깃 접어둔 페이지, 볼펜으로 밑줄 그은 문장들. 내가 이 문장에 밑줄을 그었구나? 내가 이런 표현을 좋아했구나? 생각하며 추억의 한 페이지 속으로 들어갔다. 대부분의 페이지에는 한두 줄 정도가 밑줄이 그어져 있었는데, 한 면 전체에 진하게 밑줄 친 부분이 있었다.

젊은 시인에게 주는 충고

라이너 마리아 릴케

마음속의 풀리지 않는 모든 문제들에 대해

인내를 가지라.

문제 그 자체를 사랑하라.

지금 당장 해답을 얻으려 하지 말라.

그건 지금 당장 주어질 순 없으니까.

중요한 건

모든 것을 살아 보는 일이다.

지금 그 문제들을 살라.

그러면 언젠가 먼 미래에

자신도 알지 못하는 사이에

삶이 너에게 해답을 가져다 줄 테니까.

　난 이때부터 이미 시인이 되기로 예정되어 있었던 것은 아닐까? 이런 상상을 하며 류시화 시인을 만나면 어떤 질문을 할까를 생각해 본다. 대중매체에 모습을 잘 드러내지 않는 시인을 실제로 본 적이 있다. 2018년 인도 바라나시에 잠깐 머물 때였다. 우리가 머물렀던 철수네 게스트하우스에 같이 있었던 모양이다. 새벽에 우리는 갠지스강의 보트를 타기 위해 서둘렀다. 우리는 강가로 내려가는 중이었고, 반대쪽으로 긴 생머리를 휘날리며 바람처럼 지나가는 한 사람이 있었다. 바로 류시화 시인이었다. 찰랑찰랑 긴 생머리가 인상적이었고, 빠른 속도에 깜짝 놀랐다. 철수 씨 말로는 시인은 쉬러 온 건데 사람들이 알아보고 사인 요청을 많이 해서, 사람들하고 마주치지 않으려고 한다는 것이었다. 그럴 수 있겠거니 생각은 했지만,

조금 예민하고 까칠할 수도 있겠다는 선입견도 함께 자리 잡았다. 직접 본 류시화 시인은 목소리도 좋고, 유머와 센스를 겸비한 사람이었다. 먼지 쌓인 잠언 시집에 정성스럽게 사인을 해주는 모습이 인상적이었다. 인도 갠지스강에서 스친 이야기와 30년 전 산 시집 이야기를 했더니 "그때 인도에 계셨군요."라면서 입가에 살짝 미소를 지으셨다. 제주에는 4년째 머무는 중이시고, 곧 다른 나라 여행 일정이 잡혀 있다고 했다. 자유로운 영혼을 가진 시인이 부러웠고, 다시 만나는 날까지 건강하시기를 마음속으로 빌었다.

다시 잠언 시집을 읽고 있다. 난 스무 살 그 시절에도 깨어있으려 애썼고, 나름 알아차리기를 잘 실천하고 있었다. 지금도 여전히 진행 중이다. 다른 사람의 생각에 의존하지 않고 스스로의 힘으로 생각하려고 애쓰고, 사실과 허구의 차이를 구분하려고 노력한다. 류시화 시인을 만나고 나서 다시 마음속에 꽃 한 송이가 피었다.

창의성

그
저
다
르
게
보
기

　　　　　　　창의성은 새로운 것을 상상
하고 고안하는 힘입니다. 당신이 가진 특별한 재능을 개발해
나가는 능력입니다. 관찰 대상을 과감히 새로운 방식으로 보
고, 문제를 해결하는 또 다른 방법을 찾아보세요. 당신은 창의
성을 발휘하여 이전에 없었던 새로운 것을 세상에 내놓을 수
있습니다.

　한라수목원을 걸으며 내가 본 것은 무엇일까요?

　가지에 돋아난 연두색 어린 싹, 겨울인데도

늘 푸른 키 작은 나무 우묵사스레피, 뒤돌아보게 하는 향기

다람쥐보다 빠른 다섯 살 꼬마 아이, 쫓아가는 엄마

라디오에서 새어나오는 음악 소리, 수목원인데

마음 소리 들으러 온 거잖아요, 이어폰 뺐으면

비 온 뒤 산책 나온 지렁이, 밟힐 뻔

시들해진 수국들, 화려함 잔뜩 뽐내고

차창 와이퍼 사이에 끼워진 단풍잎 하나

토닥토닥 어깨를 두드리는 그녀의 차가운 손

파르르 떨리는 그의 입술

힘차게 걷다 풀어진 운동화의 끈

본다는 건 관심이고
관심은 사물 혹은 사람에 대한 애정이다.

다시 관심과 애정을 가지고
모든 것들을 보고 느끼고 생각하는 하루.

책임감

남편의 손

책임감은 무슨 일이나 맡은 일을 훌륭하게 해냄으로써 다른 이들이 당신을 신뢰할 수 있게 하는 것입니다. 당신은 자신의 행동에 대해 책임을 집니다. 실수로 누군가에게 손해를 입혔다면 변명을 하는 대신 용서를 구하고, 그에 대해 배상을 합니다. 책임감은 유능하게 대처하고 현명하게 선택하는 능력입니다.

결혼 25년 차 그 남자의 손가락에는 반지가 없다. 길쭉한 네 번째 손가락에 희미하게 반지의 흔적이 보이는 것도 같다. 그 남자의 손가락에 반지가 끼워져 있을 때는 일 년에 딱 두 번이

131

다. 반지가 주인의 손가락을 만나는 날은 바로 명절이다.

반지의 주인공은 바로 남편이다. 남편은 카센터를 운영하고 있다. 매일 기계를 만지는 일을 하니 손과 손톱 그리고 손바닥에 항상 기름이 배어 있다. 또, 차를 고치면서 금속 등을 만지다 보니 시계와 반지는 늘 옷장 서랍 속에 잠자고 있다. 그래도 명절인 부산 가는 날이면, 반지가 세상 밖으로 나온다. 손톱을 깎고 기름때를 제거하는 남편의 모습을 보면 왠지 뭉클하다.

"일하는 손이 다 그렇지 뭐, 괜찮아." 나의 말에도 남편은 손끝이 빨갛게 될 때까지 칫솔로 문지르면서 기름때를 제거한다. 일 년에 한 번 뵙는 장인, 장모님께 기름때 묻은 손을 보이고 싶지 않은 남편의 마음을 조금은 알 것도 같다.

남편의 손 위로 핸드크림을 듬뿍 발라준다. 세상에서 제일 아름답고 멋진 손을 가진 남편. 하지만 반짝이는 반지 대신 바위보다 무거운 책임감이 내 눈에는 보인다. 남편의 손을 살며시 잡아 본다. 마음 한켠에서 바람 소리가 난다. 어떤 일을 하든지 최선을 다하고, 약속에 대해 진지하게 생각하고, 능력이 닿는 한 주어진 일을 끝까지 해내고, 자신에게 맡겨진 일을 기꺼이 해내는 남편에게 딱 어울리는 미덕은 바로 책임감이다. 나도 집안의 장녀라 늘 책임감이 이름표처럼 따라다녔다. 성

적표에도 늘 '책임감이 강하다'라는 말이 적혀 있었고, 또 꼭 그 래야만 할 것 같았다. 책임감 강한 우리 둘은 약속 안 지키고, 변명하는 사람을 싫어한다. 첫째들에게 보이는 특성이 우리 둘에게 보인다. 어디서든 한 사람 몫을 하긴 하지만 양보하다 가 결국은 손해 보는 경우도 많다. 그리고 원하는 것을 표현하 지 못하고, 아파도 잘 참는다.

얼마 전, 일을 마치고 돌아온 남편이 오른손 팔목을 보여 주 었다. "나 오늘 죽을 뻔했어." "왜? 무슨 일 있었어?" 내 눈은 동 그래져서 남편을 바라보고 있었다. 차를 고치다가 뜨거운 엔 진에 데인 것이다. 자세히 들여다보니 살 표면이 벗겨져 있었 다. 내가 데인 것도 아닌데 두 주먹이 불끈 쥐어졌다. 상처 부 위를 소독하고 연고를 바른 뒤, 메디폼 밴드를 붙였다. 아픈 부위를 제대로 돌보지 않고 묵묵히 일했을 남편이 짠하면서 도 한편으로는 미련스러워 보였다. "비상약들도 카센터에 있 는데, 약이라도 바르고 일을 하지." 말은 퉁명스럽게 했지만, 마음에는 슬픔의 비가 내리고 있었다. 아파도 아프다는 말도 못 하고, 괜찮다고만 하는 남편이 제발 표현을 했으면 좋겠다. 다른 사람이 하기 싫은 일을 억지로 하는 일이 없었으면 한다. 그런데 실은 나도 그런 경우가 종종 있기는 하다. 어차피 누군가가 해야 할 일이라면 먼저 나서서 하는 편이기는 하다. 그래도 우리 이제는 어깨에 무거운 돌덩이 좀 내려놓고 살아야 하지 않을까?

참다가 병 생기면 안 되니까 싫으면 싫다고 말해야 한다.

남편한테 잘 거절하는 방법을 알려줘야겠다. '아티스트 웨이 프로그램 8기로 접수시켜야지.' 하면서 혼자 실실 웃는다.

초연

가
지
않
을
수
없
던
길

초연은 감정의 소용돌이 속에서도 통제력을 잃지 않고 자신의 느낌을 관조하는 것을 말합니다. 초연함을 유지하면 당신은 감정이 시키는 대로 행동하는 대신, 자신이 어떻게 행동할 것인지를 자유롭게 선택할 수 있게 됩니다.

가지 않을 수 없던 길

도종환

가지 않을 수 있는 고난의 길은 없었다
몇몇 길은 거쳐오지 않았어야 했고
또 어떤 길은 정말 발 디디고 싶지 않았지만
돌이켜보면 그 모든 길을 지나 지금
여기까지 온 것이다
한 번쯤은 꼭 다시 걸어 보고픈 길도 있고
아직도 해거름마다 따라와
나를 붙잡고 놓아주지 않는 길도 있다
그 길 때문에 눈시울 젖을 때 많으면서도
내가 걷는 이 길 나서는 새벽이면 남모르게 외롭고
돌아오는 길마다 말하지 않은 쓸쓸한 그늘 짙게 있지만
내가 가지 않을 수 있는 길은 없었다
그 어떤 쓰라린 길도
내게 물어오지 않고 같이 온 길은 없었나
그 길이 내 앞에 운명처럼 파여 있는 길이라면
더욱 가슴 아리고 그것이 내 발길이 데려온 것이라면
발등을 찍고 싶을 때 있지만

내 앞에 있던 모든 길들이 나를 지나

지금 내 속에서 나를 이루고 있는 것이다

오늘 아침엔 안개 무더기로 내려 길을 뭉텅 자르더니

저녁엔 헤쳐온 길 가득 나를 혼자 버려둔다

오늘 또 가지 않을 수 없던 길

오늘 또 가지 않을 수 없던 길

버스 뒷좌석에서 낭랑한 목소리로 누군가 시를 읊고 있다. 이동시간이 길어 다들 잠을 자고 있는 상황이라 조용한 가운데 들려오는 시의 내용은 내 마음속 깊숙이 들어왔다. 도종환 시인의 시는 웬만큼 알고 있는 편인데 이렇게 괜찮은 시를 내가 왜 몰랐지? 프로스트의 두 갈래 길도 오버랩되면서 내가 걸어온 길들을 하나씩 추억해 본다. '그때 내가 그 선택을 하지 않았더라면 어땠을까?' '그때 나에게 그 일이 일어나지 않았다면 어땠을까?' '만약 그때로 돌아간다면 다른 선택을 했을까?' 이런저런 생각들이 차창 풍경처럼 빠르게 지나갔다. 그래, 그건 가지 않을 수 없던 길이었다. 그 길들이 모여 지금의 내가 되었으니 어느 것 하나 귀하지 않은 것이 없다. 그 순간 최선의 선택을 했었을 거라 믿는다. 오늘도 나는 선택의 길 위에서 서성대고 있다.

춘
자
할
머
니

친절은 사람들에게 배려심을 보여주고, 뭔가 그들에게 도움 되는 일을 하는 것입니다. 사람들이 무엇을 필요로 하는지 세심하게 주의를 기울이세요. 누군가 슬픔에 잠겨 있거나 당신의 도움을 필요로 하면 그를 위로해 주고 도와주세요. 누군가를 놀리거나 괴롭히고 싶은 마음이 들 때는 그런 유혹을 멀리하고 오히려 그 사람을 친절하게 대하세요.

달빛명상춤 덕분에 알게 된 아임스토리 대표, 이다빈 작가. 서로의 작품을 통해 그녀의 스토리를 알게 되었고 이후로 제

주에서도 의미 있는 만남을 가졌다. 그렇게 만남을 이어오다
가 문학관에서의 특별한 경험을 할 수 있는 기회를 얻었다. 처
음엔 장소가 땅끝마을이라 고민을 많이 했었다. 계속 고민을
하다가, 갈까 말까 할 때는 '가자'라는 쪽으로 기우는 편이라 가
는 쪽으로 결정했다. 이른 비행기를 타고 광주공항에 도착해,
버스를 타고 광주종합버스터미널로 향했다. 화장실만 들르고
해남행 티켓을 발권하는데 출발 2분 전이었다. 다음 차를 탈까
도 고민했지만, 발권하고 바로 뛰면 되겠다 싶어서 키오스크
스크린 화면을 꾹꾹 눌렀다. 티켓이 나오고 1분 남겨둔 시간,
무조건 버스 있는 쪽으로 뛰었다. 기사님이 바깥에 서 계셨다.
표를 보여주며 "해남 가는 버스 맞나요?" 소심하게 물었다. "지
금 출발합니다. 어서 타세요." 티켓을 회수하더니 바로 수첩
에 넣으셨다. 티켓을 받으려고 기다리는데 안 주시길래 "기사
님, 저 티켓 필요합니다." 했더니, "그럼 말씀을 하시지, 영수증
도 필요합니까?" 하시는 거다. 말속에 짜증이 묻어 있었다. "아
니요, 영수증은 필요 없고 티켓만 필요합니다." 기사님은 티켓
을 대충 찢으시고는 쓱~ 내밀었다. 버스는 이미 만석이었고,
내 좌석은 27번 맨 끝 중간자리였다. 버스가 급정거하면 앞으
로 튀어나와 기사님과 만날 수도 있는 그 자리. 앉자마자 살기

위해 안전벨트를 했다. 오른쪽엔 외국인, 왼쪽엔 모녀. 가볍게 눈으로 인사를 한 뒤 눈을 감았다. 새벽부터 비행기를 타고 오느라 지친 상태다. 12시에 해남종합버스터미널에 도착했다. 그곳에서 다시 산정리로 가는 버스를 타야 한다. 노란 조끼를 입은 행복도우미께서 친절하게 시간과 탑승장소를 알려주셨다. 낯선 곳에선 누군가의 친절한 말 한마디와 행동이 오래오래 기억에 남는 법이다. 기다리는 동안 터미널 식당에서 간단한 요기를 했다. 토스트를 데워 주셨는데 너무 뜨거워서 입에 넣을 수가 없었다. 미리 말씀드려 얻은 김밥 국물 한 그릇과 토스트로 허기를 채우고 산정리 가는 버스를 탔다. 타자마자 버스도 두 종류가 있다는 것을 알게 되었다. 다행히 행복도우미도 같이 버스를 타서, 내가 갈아타야 하는 마을과 또 다른 버스 노선도 알려 주셨다. 갈아탈 버스는 1시간 정도를 기다려야 하고, 주변에 택시도 많이 있었다.

문학관 근처에는 편의점도 하나 없다는 말을 미리 들었던 터라, 마드에서 먹거리를 사기로 했다. 문학관에 줄 두루마리 휴지 한 통도 사고, 먹을 간식거리도 몇 개 챙겼다. 다시 한번 버스시간을 확인하는데, 내 목적지를 들은 할머니 한 분이 같이 가자고 하셨다. 혼자 택시를 타고 가시는데 내가 내리는 곳을 지나간다는 것이었다. 시골에서나 볼 수 있는 친절함이 참으로 감사했다. "할머니 마트에서 맛있는 거 사드리고 싶은데 몇 개 고르세요." 할머니는 무표정한 얼굴로 "소주 댓병 하나면 돼." 하시는 거다. 옆에 계신 어르신들이 할머니가 농담하는 거라고 했다. 그냥 같이 타고 가면 된다고 하며 다들 웃으셨다. 택시를 타고 가는 짧은 순간에도 이대로는 안 되겠다 싶어 할머니의 성함과 연락처를 물었다. 시어머니와 이름이 같았다. 겨울에 제주 감귤 보내드린다 하니, 혼자 사는 노인네라 썩어서 다 버린다며 절대 보내지 말라고 신신당부를 하셨다. 잠시 생각을 하다가 할머니 손에 만 원짜리 한 장을 쥐어주며 "할머니, 맛있는 거 사드세요." 하면서 얼른 내렸다. 할머니는 안 받는다고 하시며 만 원짜리를 차창 밖으로 던지셨다. 난 다시 만 원을 주워 창문으로 넣으며 "할머니, 건강하세요."를 외쳤다. 짧은 시간, 산정리 마트 앞에서의 친절한 사람들 덕분에 행복했다. 마을회관에서 인송문학촌 토문재를 향해 걸어가는 발걸음이 가벼웠다. 제주에서 출발해 6시간 만에 도착한 여행길이, 길 위에서 만난 사람들의 친절과 우호적인 태도덕분에 힘들지가 않았다.

  86세 어르신, 시어머니와 이름이 같은 춘자 할머니가 꽤 오랫동안 생각이 날 것 같다. 허리가 아프셔서 복대를 하셨는데-아프면 다른 사람의 힘듦이나 불편함은 눈에 들어오지 않을 텐데-나의 곤란함을 빨리 알아차린 할머니의 센스가 멋졌다. 친절은 또 다른 친절을 낳는 법이다. 내가 받은 친절을 다른 누군가에게 건네고 나누리라. 바람은 차지만, 마음만은 훈훈하고 따뜻한 초가을 밤이다. 먼 길이었지만 여기 오길 참 잘했다.

탁월함

같은 마음

　　　　　　　　　　　　탁월함은 최선을 다하고 전력을 기울였을 때 비로소 얻어지는 것입니다. 탁월함은 고귀한 목적을 향한 노력의 결정체입니다. 그것은 완전성을 향한 욕구입니다. 모든 씨앗의 완성이 열매이듯 당신이 가진 재능의 씨앗도 탁월함을 추구함으로써 열매를 맺게 됩니다. 탁월함은 성공의 열쇠입니다.

　선생님을 만난 게 정확히 언제였는지 기억은 나지 않지만, 돌문화공원에서 전화를 받았던 그 생생한 장면이 가끔 생각이 납니다. 글쓰기 강사를 모집한다며 절 섭외하셨죠? 제가 더 실력 있는 강사 소개해 준다고 했더니, 이미 충분하다며 제 자존감을 높여 주었어요. '그리고 서점' 사장님이 소개해 주었다고 하면서요.

외국에서는 고향 까마귀만 만나도 반갑다고 하는데, 부산이 고향이라고 하니 더 정이 갔나 봅니다. 제주에서 20년 이상을 살았어도 늘 고향 사람을 만나면 반갑고, 경상도 사투리만 들려도 뒤를 돌아보게 됩니다. 씩씩하고 강한 척해도, 가끔은 외롭고 쓸쓸할 때도 있지요. 선생님은 첫 만남 때부터 인상적이었어요. 시원시원하게 생긴 외모답게 자신의 이야기를 백 프로 오픈하는 모습에서 "이 여자 장난 아닌데, 뒤끝은 없겠어." 이런 생각도 들었고, 한편으로는 '이 여자도 참 외로웠겠구나.' 그런 생각도 들었답니다. 아티스트 웨이 프로그램을 진행하며 오래 알던 지인들보다 서로에 대해 더 깊숙하게 알게 되고, 뭐든지 적극적으로 임하는 모습을 보며 참 대단하다는 생각도 했고요. 그래요, 지나고 보니 나름 얘깃거리가 풍성한 사이가 되었네요. 이번 프로젝트도 함께 신행하게 되어 좋습니다. 좋은 사람들과는 늘 의미 있는 일들을 함께하고 싶으니까요. 코로나로 일상이 많이 변했어요. 그럼에도 불구하고 우린 살아가야 하고 살아가고 있고 또 지금처럼 버텨나갈 테지요. 이 시간을 오롯이 즐기지는 못하지만, 내면에 더 집중하는 시간이 된 것 같기는 해요. 앞으로도 선생님 하는 모든 일에 축복과 행운이 함께 하길 바랄게요. 무슨 일이든 계획을 세워 최선을 다하고, 현실적인 목표를 세우는 선생님이 존경스러워요. 이번 프로젝트 끝나면 잠시 쉬었다가 또 다른 일을 도모해 보기로 해요.

세
잎
클
로
버

평온함이란 내면의 평화를 말합니다. 날마다 자신을 되돌아보고 감사하는 시간을 가져 보세요. 모든 사람이 승자가 되는 방향으로 문제를 해결하세요. 평화를 만드는 사람이 되세요. 평온함이란 힘에 대한 애착을 버리고 사랑의 힘을 선택하는 것입니다. 세계의 평화는 당신의 마음 속 평온함으로부터 시작됩니다.

학생상담자원봉사자회 연수 첫째 날, 도착한 교실의 책상 위로 네잎클로버 수십 개가 종이컵에 곱게 담겨 있었다. 며칠 전 단톡방에 정부청사 근처에서 네잎클로버 무더기를 발견했

다던 한 선생님의 얼굴이 떠올랐다

나도 늘 좋은 것만 보면 나누려는 마음이 있기에 귀한 네잎
클로버 잎을 정성껏 챙겨온 선생님의 마음을 충분히 이해할 수
있었다. 그러면서도 다른 한편으로는 걱정의 마음이 삐죽 모습
을 드러냈다. 네잎클로버의 꽃말은 행운인데 저렇게 많은 행운
이 한꺼번에 온다면 기쁘기도 하지만 반대급부도 예상되게 마
련이다. 불행이라는 검은 뿔을 가진 악마가 행복 뒤에서 행운
을 비웃으며 웃고 있는 것만 같았다. 그래서 늘 좋은 일 앞에서
는 기뻐하면서도 경계를 늦추지 않고 즐기는 편이다.

제일 행복했던 순간을 꼽으라면 많은 일들이 있겠지만,
2019년 내 첫 번째 시집이 나왔을 때다. 문학회 이름으로 공저
는 많이 나왔지만 내 이름만으로 된 개인 시집이 나온 건 처음
이니 그때가 제일 기뻤고 행복했다. 많은 사람들의 축하와 축
복이 있었고 출판기념회도 성대하게 치렀다. 친한 사람들만
초대하려고 했는데, 모임이 많다 보니 이리저리 소문을 듣고
온 사람들로 작은 무인카페가 터질 지경에까지 이르렀다. 부
족한 나의 시를 낭송해 주고, 악기연주도 해주고, 멋스런 춤도
추어 주고. 지금 생각해 보면 '이래도 되나.' 싶을 정도로 과한
사랑을 받았다. 또 마침 그날이 내 생일이라 남편이 생일케이

크를 무대로 들고 나왔고, 40년지기 친구도 멀리서 비행기 타고 와서 생일축하송을 라이브로 불러주었다. 눈물나도록 기쁘고 행복한 날이었음을-지금도 눈 감으면 그날의 북적거림이 들리고 느껴질 정도로 생생하다. 그래서 다른 건 몰라도 누군가에게 기쁜 일이 생기면 빨리 달려가는 편이다. 기쁠 때 진심으로 축하해주는 사람이 찐임을 안다. 내가 찐을 경험해보니 그 마음을 찐으로 알겠다.

인생이 참 재밌다. 좋은 일과 안 좋은 일은 또 항상 동전의 양면처럼 같이 온다는 거다. 그러니 기뻐도 너무 기뻐 말고 슬퍼도 너무 슬퍼할 필요는 없다. 세잎클로버의 꽃말은 행복이고 네잎클로버의 꽃말은 행운이다. 다섯클로버의 꽃말은 불행이라는 말을 들은 적이 있다.

뭐든 과하면 좋지 않다. 그래서 난 귀한 네잎클로버도 좋지만, 도처에 흔한 세잎클로버가 더 좋다. 행운을 찾기 위해 무릎구부리고 앉아 뒤적이는 깃도 좋지만, 행복을 주는 세잎클로버를 한 움큼 건져 올려 눈앞에 두고 싶다.

내 인생의 행복은 도처에 깔려 있고 그 행복을 찾는 것은 나의 몫이다. 가까이에 있는 소중한 내 행복을 놓치고 싶지 않다. 행복한 순간순간을 많이 만들고 싶다. 그래서 오늘도 발아래 가득한 세잎클로버를 많이 발견하려고 눈을 동그랗게 뜨고 다니는 건지도 모르겠다. 행복은 결코 멀리 있지 않으니까.

나를 키운 팔할은

한결같음이란 자신에게 가치 있는 것이 무엇인지를 잊지 않고 그에 따라 사는 것입니다. 한결같음은 우리에게 항상 정직하고 진지하기를 권합니다. 그를 통해 우리는 양심의 소리에 귀 기울이고, 옳은 일을 선택하고, 언제난 진실을 말할 수 있게 됩니다. 말과 행동이 일치할 때 당신은 한결같은 사람입니다. 한결같음의 미덕을 통해 우리는 자긍심과 평온한 마음을 갖게 됩니다.

나에게 두 번째 가족이 생겼다. 비교적 빠른 독립을 한 나로서는 원가족에 대한 애틋함이 조금은 덜한 것도 사실이다. 20

대 초반, 직장 가까운 곳에 이모가 사셨는데 그곳에서 자취를 했다. 처음에는 이모네가 살고 있는 복층에서 하숙을 했었는데, 1층에 살고 있던 사람들이 나가면서 그곳에서 자취를 할 수 있게 해주셨다. 나의 진짜 독립이 시작된 것이다. 직장생활을 하던 중, 제주가 고향인 동기 덕분에 제주로 처음 놀러 가게 되었고 그곳에서 지금의 남편을 만났다. 친구로 지낼 당시 놀러 갔던 남편의 본가는 시골이었다. 그것도 제주의 서쪽, 중산간 마을. 지금에야 산양곶자왈과 반딧불이 축제로 알려졌지만, 제주 사람들도 잘 모르는 시골마을이었다. 제주시에서 한 시간 정도 차를 타고 가야 하는 먼 곳. 골목에는 가로등도 없어 손전등이나 휴대폰 조명을 켜야 했고, 화장실은 집 바깥에 있어 누구 한 명은 꼭 따라 나와야 하는 곳. 그런 시골에 내가 결혼해서 오게 될 줄은 꿈에도 생각해보지 못한 일이었다. 친구의 부모님은 우리를 따뜻하게 맞아주셨다. 지금 생각해보면 내가 처음 산양에 놀러 갔을 때의 부모님 연세가 지금 현재 내 나이와 같다. 중학생이던 시누이, 고등학생이던 시동생. "누나, 밥 먹언?" 하고 정겹게 물어봐 주던 순둥순둥한 동생들. 나물 반찬과 오이를 내어오시던 인자하고 자상한 부모님의 모습에서 '내가 이 집에 오면 큰 부자는 아니더라도 마음고생은 안하겠다.' 이런 생각을 했던 것 같다. 처음에는 부모님의 제주어를 못 알아들어 애를 먹었다. 대략 문맥으로 이해하고 넘어갈 때도 있었지만, 단어 자체가 가진 뜻이 아주 달라 당황스러운 적도 있었다.

한번은 온 가족이 거실에 모여 삶은 고구마를 먹고 있었다. 하나를 먹고 배가 불러서 앉아 있는데, 어머님께서 자꾸 '감자'를 먹으라는 것이었다. 아무리 둘러봐도 눈에 보이는 것은 고구마인데 도대체 감자가 어디 있단 말인지? 옆에 있던 남편에게 살며시 물어봤더니, 제주에서는 고구마를 감저라고 하고 감자는 지슬이라고 한다고 알려주었다. 지금도 친정엄마랑 시아버님은 가끔 통화를 하신다. 엄마는 부산 사투리, 아버님은 제주 사투리로 각자의 할말만 하시는 것 같다. 통화가 끝난 후, 친정엄마한테 아버님 하시는 말 알아듣겠냐고 물어보면 잘 모르겠다고 한다. 아마 아버님도 못 알아듣기는 마찬가지 아니실까?

이쩌면 서로의 언어를 다 알아듣지 못하는 것이 속이 편할지도 모르겠다는 생각을 하면서 피식 웃어 본다.

그렇게 우리는 가족이 되었고, 난 25년째 한경면 산양리 양씨 며느리로 살고 있다. 내가 일찍 독립을 한 것도 있지만 친정

부모님과 함께 산 세월보다 제주에서 산 시간이 더 많아지고 있다. 내가 느낀 첫 느낌 그대로 부모님은 여전히 자애로우시고, 남편도 '한결같다'라는 단어의 아이콘처럼 처음과 지금이 똑같다. 내가 날개를 펴고 이리저리 훨훨 날아다닐 수 있는 것은 '다 내 복이다.' 이렇게 말은 하지만, 결국은 나의 두 번째 가족들의 배려 덕분임을 잘 알고 있다. 하나를 드리면 그 이상을 내어주시려는 부모님의 넉넉함 덕분에 늘 감사하다. 결혼으로 내게 생긴 두 번째 가족. 원가족 생각이 나지 않을 정도로 든든하게 내 뒤를 받쳐주는 버팀목. 바쁘다는 핑계로 산양에 계신 부모님께 자주 찾아가지 못했다. 아버님께 잘 어울리는 갈모자를 사두고 계속 보관 중이다. 마음에 들지 않아도 인자한 웃음을 지으시며 좋다고 하실 아버님. 다음부터는 아무것도 사오지 말라고 손사래를 치실 어머님. 다가오는 주말에는 어머님 좋아하시는 수제오믈렛 한 상자를 사 가지고 찾아가려고 한다. 시댁 입구에 수국이 한가득 피어 있다. 입구에서부터 웃으며 맞아줄 부모님의 얼굴이 연보라색 수국보다 환하다.

여
름
나
기

　　　　　　　　　헌신은 자신이 가치 있다고
여기는 어떤 대상을 몸과 마음을 다해 돌보는 것입니다. 헌신
적인 사람은 친구, 일, 혹은 자신이 믿는 어떤 것을 위해 정성
을 다합니다. 헌신의 대상을 지닌 사람은 그를 위해 시작한 일
을 끝냅니다. 그리고 약속을 지킵니다.

　이들이 출근을 서두르다가 선풍기를 툭 쳐서 옆으로 넘어졌
다. 앞부분 뚜껑이 떨어지더니 이내 마주하게 된 선풍기 날개
는 온통 먼지투성이였다. 안 되겠다 싶어 선풍기를 분해해 정
성껏 씻었다. 찌든 때라 잘 지워지지 않아서 수세미에 거품을

묻혀서 조심스레 날개와 부품들을 닦기 시작했다. 순간 선풍기에게 살짝 미안한 생각이 들었다. 유난히 더웠던 여름, 선풍기는 휴일도 없이 쉴 새 없이 돌아가고 있었던 것이다. 날개에 쌓인 먼지도 보지 못할 만큼 선풍기는 고된 노동을 하고 있었던 거다. 얼마나 주인을 욕했을까? 내가 선풍기였다면 바람을 멈추고 묵언시위를 하고 싶었을 것 같다.

선풍기로 태어나 5년을 살고 있다. 내 주인은 큰 투명봉지에 나를 잘 넣어서 보관했다가 6월 초가 되면 비닐을 벗기고 내 얼굴을 마주한다. 실은 이것도 살짝 불만이긴 하다. 예쁜 선풍기 커버도 있는데 말이다. 주인이 집에 들어옴과 동시에 나는 콘센트에 꽂아져 밤새도록 일을 한다. 2년 전에는 잠자기 전 타이머를 맞추더니 작년부터 휴식 시간도 없이 돌아간다. 팔, 다리가 쉴 틈이 없다. 미풍도 아니다. 강풍으로 밤새 돌다 보면 머리가 어질어질하다. 얼굴에 먼지며 찌든 때가 잔뜩 끼었다. 세수라도 해주면 좋으련만 주인은 내 얼굴을 마주할 새도 없이 바쁘다. 어제는 외출에서 돌아오더니 땀범벅 된 얼굴을 들이대어서 심히 부담스러웠다. 자기는 세수라도 하지, 나도 날개에 묻은 찌든 때를 시원하게 벗겨내고 싶다. 그런데 오늘 주인의 아들이 출근길을 서두르다가 나를 툭 쳐서 넘어졌는데 마침 주인과 눈이 마주쳤다. 드디어 주인이 나의 먼지 잔뜩 낀 얼굴을 보게 된 것이다. 미안했나 보다. 부드러운 수세미로 세제를 묻혀 조심스레 날개와 부품들을 닦아주었다. 찬물로 몇 번을 헹구더니 탈탈 털어서 햇빛 샤워도 시켜주었다. 얼마 만에 만나는 직사광선인지 눈이 부시다. 잠시 뒤, 난 합체되었고 주인은 회전을 시켜 내 얼굴을 마사지해 주었다. 먼지를 털어내고 나니 한결 가볍다. 남은 여름 동안 다시 돌아갈 힘이 생겼다. 선선한 가을이 올 때까지 '나는 내 본분을 다해야지.' 하고 마음을 먹게 된다. 주인이 내 얼굴 앞에서 노래를 부른다. 이마에 맺힌 땀방울을 내 시원한 바람으로 날려버려야겠다. 내 얼굴도 웃고 주인도 방실방실 웃고 있다. 쨍쨍한 여름이 가고 있다.

마음일으키기

　　　　　　　　　　협동은 함께 일하고 짐을
나누어 지는 것입니다. 혼자서는 할 수 없는 일도 함께 하면 훌
륭히 해낼 수 있습니다. 우리는 우리 모두를 안전하고 행복하
게 지켜주는 규칙을 기꺼이 따릅니다. 힘을 합치면 우리는 큰
일을 해낼 수 있습니다.

　내가 《아티스트 웨이》라는 책을 만난 것은 십여 년 전이다.
참꽃도서관에서 10명의 사람이 모였다. 그때 리더가 누군지
정확히 기억은 나지 않지만 다들 설레는 마음으로 그곳에 모
였던 것 같다. 책 한 권과 노트 한 권을 들고서. 아티스트 웨이

책 속에는 내 안의 창조성을 깨우는 다양한 작업들이 있었고, 매주 해야 할 과제들도 있었다. 일주일 동안 과제를 잘 수행하고 와서 나누는 것이다. 그중 하나가 모닝페이지였는데 아침에 눈 뜨자마자 세 쪽 분량의 글을 그냥 막 쓰는 것이다. 쓰다 보면 다양한 이야기들이 쏟아져 나온다. 최근 해결하지 못한 문제, 전날 기분이 상했던 이야기, 미운 사람, 한 대 때리고 싶은 사람 등 주제도 다양하다. 쓸 얘기가 바닥이 나면 좋아하는 시 한 편을 필사하기도 한다. 그리고 또 하나는 아티스트 데이트를 하는 것이다. 자신이 좋아하는 것을 무엇이든 혼자서 하면 된다. 나는 거의 내 아지트에 가서 책을 읽고 글을 쓰는 것이 아티스트 데이트였다. 아티스트 데이트의 정답은 따로 없다. 그러나 매주 하다 보면, 자신이 진짜 무엇을 좋아하는지, 무엇을 싫어하는지, 지금 원하는 것이 무엇인지 등을 조금씩 알게 된다. 그렇게 십여 년 동안 모닝페이지와 아티스트 데이트를 하면서 나는 많이 성장했다. 원하는 것은 웬만하면 다 이루었고, 내 주변에 나를 도와주는 많은 사람이 있다는 것도 알게 되었다. 나에게 걸림돌이 되거나 디딤돌이 되는 사람도 가려지게 되었다. 하지만 걸림돌이 된다고 다 나쁜 건 아니다. 그들을 통해 더 많이 배우게 되는 것 같다. 요즘도 계속 모닝페이지를 쓰고 아티스트 데이트를 한다. 아침에 일어나서 모닝페이지를 쓰는 것은 나의 루틴이 되었다. 몇 년 전부터 창조적 글쓰기 강좌도 만들어 벌써 7기를 배출했다. 혼자서 할 때는 잠깐 멈추기도 하고 게으름도 피웠는데, 함께 하니 그럴 수도 없다. 리더가 되니 책임감이 수반된다. 도움이 필요할 때는 요청을 할 수도 있고, 각자의 능력과 지혜를 나누며 함께한다. 의지가 되고 힘이 나게 하는 동반자들이다. 최근 아티스트 웨이를 함께한 벗들 중에는 자기 안에 숨겨진 재능을 발견했다고 행복해하는 벗도 있다. 그 행복한 동행길에 함께해서 기쁘다. 내가 이 작업을 언제까지 할는지는 잘 모르겠다. 하지만 한 명의 벗이라도 있다면 계속 해 볼 생각이다. 오늘도 아침 해는 변함없이 떴고, 눈곱도 떼지 않은 채 식탁에 앉아 모닝페이지를 쓰고 있다. 장소는 다르지만 각자 연필을 들고 있는 나의 아티스트 벗들을 진심으로 응원한다. 아침에 대한 예의는 일어나는 것, 몸만 일어나는 게 아니라 마음도 함께 일어나는 것, 아침마다 일어난다 생각하지 말고 태어난다고 생각하라던 카피라이터 정철 님의 글이 생각난다. 내 다정한 벗들은 요즘 다시 태어나고 있다.

마
주
보
며
함
께
살
기

화합은 우리가 평화롭게 함
께 일하고 살아갈 수 있게 도와줍니다. 화합하면 우리는 서로
에게, 그리고 나아가 살아 있는 모든 것에 연결되어 있음을 느
낄 수 있습니다. 우리는 서로의 다른 특성을 선물로 여기지 두
려움이나 배척의 이유로 삼지 않습니다. 화합을 통해 우리는
개개인의 힘으로 할 수 있는 것보다 훨씬 많은 것을 성취하게
됩니다.

제주 동쪽, 서귀포시 성산읍 신산리에 신술목학교가 있다.
이 학교는 제주 정착을 희망하는 육지 청년을 대상으로 운영

되고 있다고 한다. 이곳에서 특별한 프로그램이 진행된다기에 기후미식강사 나무 님의 보조강사로 참여하게 되었다. 나무 님은 몇 년 전 공동체 프로그램을 하면서 알게 된 인연이다. 전국을 다니며 투쟁의 현장에서 애쓰는 사람들에게 '밥 먹이는 일'을 실천하는 멋진 분이셔서 마음속으로 늘 응원하고 있었다. 나무 님이 제주에서 이런 프로그램이 열리니 시간 되면 도와달라고 신호를 보내셨다. 어떤 식으로든 도움을 드리고 싶었기에 빡빡한 일정을 뒤로하고 운전기사 및 보조스태프로 함께 갔다. 그분이 부탁하신 오일장 그릇가게에서 산 기름떡 틀 3개도 가방에 잘 챙겼다. 오랜만에 뵙는데도 그간의 소통으로 어색하지 않았다. 나무 님의 보조스태프로 막중한 사명감을 갖고 도착한 신술목학교에는 몇몇 청년들이 미리 도착해 있었다. 우리도 미리 재료들을 손질하기 시작했다. 일러주신 대로 기본재료들을 세팅하고, 본작업에 들어가기 전 해야 할 것들을 하나씩 준비했다. 25년 주부로서 몸에 밴 동물적 감각으로 처음 본 주방임에도 물건들을 정확하게 찾아냈다. 우리는 제일 처음으로 채식만두를 만들었다. 만두소 재료는 애호박, 표고버섯, 두부였다. 손이 많으니 재료 준비는 금방 끝났다. 혼자였다면 엄두도 내지 못했을 것들을 함께의 힘으로 해내는 순간이었다. 그 외 다른 음식들도 청년들과 같이 만드니 속도도 빨랐고, 함께 만든 음식을 먹으며 일상 얘기도 하면서 친해졌다. 나무 님이 음식을 나누는 마음도 조금은 알 것 같았다. 차가운 길 위에서 투쟁하시는 분들은 제대로 된 식사를 챙기지 못한다. 따뜻한 음식을 제공하고, 그분들은 그 에너지로 다시 힘을 내시는 것 같다. 참으로 귀한 역할이다. 그리고, 신술목학교의 청년들도 대단하게 느껴졌다. 난 그 나이 때 별 생각 없이 산 것 같은데 살짝 부끄럽기까지 했다. 제주를 탐색하거나 일시 체류하는 것을 넘어, 정착을 원하는 청년을 제주땅에 안전하게 스며들게 도와주는 신술목학교. 아~ 나도 나이만 된다면 입학하고 싶은 학교다. 나이 때문에 아웃이다. 마주 보며 '함께-살기' 실험실이라는 표제가 인상적이다. 청년들은 각자의 시간도 오롯이 만끽하면서 또 함께의 시간도 제대로 즐길 줄 아는 것 같았다. 나도 아티스트 웨이 프로그램을 함께하며 40~50대 분들에게 자기돌봄을 강조하고 있는데, 이 청년들은 20대부터 건강한 자기돌봄을 잘하고 있어서 뿌듯했다. 모두 보석처럼 반짝반짝 빛나고 있었다. 서로의 다름을 인정하고 각자의 재능을 나누는 모습이 멋졌다. 서로 경청하고 갈등의 상황도 대화를 통해 잘 해결해 나가고 있었다. 나무 님의 스태프로 도움을 주러 따라왔다가 많은 것을 얻어간다. 우리는 모두 어떤 식으로든 연결되어 있고, 다시 또 만나질 거라는 믿음에 헤어짐의 순간도 짧고 산뜻했다. 나오는 길에 한 청년이 내 이름을 묻는다. 나도 그 청년의 이름을 마음에 새긴다. "제주시에 오게 되면 만나요." 연락처를 주고받진 않았지만 우리는 꼭 다시 만날 거라는 확신이 있다. 청년들의 미래를 진심으로 응원하고 어디를 가든 평화롭고 안전하기를 소망한다.

확신

새
벽
의
약
속

　　　　　　　확신은 굳은 믿음입니다.
확신을 가진 사람에게는 어떤 어려움이 닥쳐도 헤쳐 나갈 힘
이 있습니다. 확신을 가지면 의심이나 두려움으로 주춤거리지
않습니다. 자신감이 생기고, 즐거운 마음으로 새로운 일을 시
도할 수 있습니다.

　　새벽에 일어나는 오랜 습관이 몸에 배어 아일랜드에 와서도
새벽 4~5시 사이만 되면 눈이 저절로 떠진다. 오랜 독서모임인
'책이랑'에서는 하반기 책과 발제자가 정해졌고, 난 11월 한강
작가의 작품을 하게 되었다. 잠시 뒤 한 회원의 사정으로 로맹

가리의 《새벽의 약속》을 내가 하게 되었다. 대략의 줄거리는 알고 있었지만, 발제일이 9월 초였다. 귀국하자마자 책을 빌려서 읽기 시작했고, 발제자의 책임감이 있어서 그런지 단어 하나 문장 하나에도 의미를 부여하게 되었다. 생각보다 책이 두꺼워 괜히 바꾼다고 했나? 잠시 후회도 했지만 '아니지, 지금 아니면 언제 완독하겠어?' 이러면서 스스로를 위로했다. 이 책은 자전적 소설이지만 철저히 자기 어머니를 중심에 두고 있다. 유태계 러시아인 어머니는 일종의 배우였는데, 남편은 없고 인생의 모든 것을 아들을 위해 살아간다. 아들에게 "너는 미래 프랑스 대사가 되고, 나라를 위해 이바지할 위대한 인물이 될 것이다."라고 확신에 찬 목소리로 주문을 걸듯 말한다. 만나는 모든 사람들에게도 이미 되기라도 한 것처럼 이야기를 한다. 말이 씨가 되고 간절히 원하면 이루어진다는 말을 믿는 나로서는 로맹 가리 어머니의 교육관에 전적으로 동의한다. 어머니는 아들을 위해 폴란드에서 리스로 이사를 가면서 프랑스로 귀화한다. 로맹 가리는 어머니가 했던 말을 증명이라도 하기 위한 것처럼 삶을 살아간다. 책을 읽으면서 로맹 가리가 자신의 삶을 사는 건지, 어머니의 삶을 대신 사는 건지 헷갈릴 정도다. 우리나라에 있는 수많은 엄마들이 떠올랐다. 자신이 못 이룬 꿈들을 자식을 통해 대리만족하려는 대한민국의 엄마들. 그런데 로맹 가리 어머니의 사랑은 맹목적인 것만은 아닌 것 같았다. 로맹 가리에 대한 끝없는 믿음과 신념은 가히 짐작할 수도 없을 만큼 크고 깊었다. 자식의 재능을 발견하고 계속 새로운 것을 시도하고, 아니라고 판단되면 과감히 접을 줄 아는 혜안과 자식에 대한 강력한 믿음은 과연 어디에서 나오는 것이었을까? 로맹 가리는 어머니의 자신에 대한 믿음이 부담스러웠기도 했겠지만 어떤 일을 함에 있어 두려움이나 주저함도 덜했을 것 같다.

"때때로 나는 향긋한 내 장작 은신처로 가 몸을 숨기고서, 어머니가 내게 기대하고 있는 모든 것을 생각하곤 하였다. 그리고 나는 울기 시작했다. 오랫동안, 소리 없이, 어떻게 대책을 강구해야 할 것인지 전혀 알 수 없었던 것이다." 이 대목을 읽으며 어머니의 마음을 알기에 반항할 수 없어 소리 없이 울었을 로맹 가리의 마음도 읽혀 짠하고 슬펐다. 그리고 '제목이 왜 새벽의 약속일까?'라는 생각에도 머물렀다. 어머니가 로맹 가리에게 했던 말들은 그가 지키면서 살아내야 했던 약속이었던 것은 아닐까? 어머니의 죽음을 미리 알아버렸더라면 로맹 가리는 무너졌을지도 모른다. 어머니는 로맹 가리가 영국으로 떠난 몇 달 후 돌아가셨다. 죽기 앞선 몇 달 동안 어머니는 거의 이백오십 통의 편지를 썼고, 그것을 스위스에 있는 한 친구에게 보냈다. 편지들은 규칙적으로 발송됐고 로맹 가리는 삼 년이 넘도록 어머니의 죽음을 알지 못했다. 어머니는 아들이 자신을 받쳐주고 있다고 느끼도록, 아들이 계속 지탱할 수 있게 힘과 용기를 주기 위해 편지들을 미리 준비해서 보냈던 것은 아닐까?

마지막 문장 "나는 살아냈다."가 가슴에 와서 안긴다. 살아내기 위해 애썼을, 버텼을 로맹 가리와 그의 어머니가 진심 대단하게 느껴진다. 로맹 가리 작가의 다른 책도 같이 읽고 있는 중이다. 괴팍하고 오만한 작가라고만 생각했는데 다양한 작품의 집중 독서를 통해 작가에 대해 내적 친밀감을 느끼는 중이다. 상처받은 내면을 쓸쓸하고도 강렬하게 표현하는 작가의 휴머니즘적인 면은, 2024년 노벨문학상을 수상한 한강 작가와도 닮은 듯 보였다. 천재 작가들은 역시 다르다.《새벽의 약속》마지막 장을 덮는 손이 마지막 잎새처럼 떨리고 있었다.

에필로그

대구에서 지인이 내려왔다. 소길에 있는 예쁜 펜션에 숙소를
잡고, 근처에 있는 '입다, ipda'라는 작은 공연장으로 향했다. 한
달에 2번, 다양한 장르의 음악인들을 초대하여 공연을 진행하
고 있는 다목적 공간이다. 그날 우리가 만난 뮤지션은 '파라솔
웨이브'라는 4인조 밴드였다. 맨 앞줄에 앉아 직관하는 영광
을 누렸다. 기타 선율에 평소보다 심장 박동수가 빨라지고 있
었다. 노래 가사도 쉬워서 따라 부르기 좋았고, 멜로디도 비슷
한 음이 반복되어서 손과 발이 저절로 리듬을 타고 있었다. 다
른 노래들도 좋았지만, 〈풍파〉라는 노래가 귀에 꽂혔다. 바람
과 파도라는 뜻인데, 제주의 바다가 연상되어 눈을 감고 들으
니 더 좋았다.

날아가는 새를 바라봐
가만히 주위를 둘러봐
스치는 바람을 느껴봐

크게 한 번 숨을 쉬어봐

아무 말 없이 손을 잡고 힘껏 땅을 디뎌봐

일렁이는 파도와 흔들리는 마음을 맡겨봐

순간이 소중해지는 순간

Your life is so special

순간이 소중해지는 순간

반복되는 가사 중 '순간이 소중해지는 순간'이 귀에 들어왔다.
그래, '다시 오지 않을 이 순간을 즐기자.'며서 반복되는 구간
을 따라 불렀다. 공연이 다 끝나고, 뒤풀이 시간이 있었다. 우
리도 동그랗게 둘러앉아 술잔을 기울이며 그들의 이야기에 집
중했다. 가사도 좋고 귀에 쏙쏙 들어온다고 했더니 가수분이
직접 가사를 쓰신다고 하셨다. 다른 노래도 다 좋았지만 〈풍
파〉 노래의 가사 중, '순간이 소중해지는 순간'이 맘에 든다고
했더니 좋아하셨다. "혹시 제가 다음에 책을 내게 된다면 제목

으로 갖다 써도 될까요?" 하고 물었더니 그러라고 하셨다.

"고맙습니다. 허락받은 겁니다." 몇 번 확인을 거듭하며 바로 카톡 메인에 문구를 저장했다. 간절히 원하면 이루어진다고 믿는 나이기에 언젠가는 이 제목으로 꼭 글을 쓰리라 마음먹었는데, 생각보다 그 순간이 빨리 왔다. 글을 쓰면서 제목에 대한 고민을 할 때 갑자기 '순간이 소중해지는 순간'이 떠올랐다. 글의 내용도 전부 껴안을 수 있는 내용이어서 더 이상 깊게 고민하지 않았다. 책이 나오고 북토크를 하게 되면 '파라솔 웨이브'를 초대해야 할까? '나의 지인보다 파라솔 웨이브의 팬들이 더 많이 오면 어쩌지?' 혼자 상상의 나래를 펴며 피식 웃어 본다.

"파라솔 웨이브님, 제가 북토크 하게 되면 와 주실 거죠?"

허공에 대고 큰 소리로 외쳐 본다.

제주의 바람을 타고 외친 메시지가 그들에게 전해지길 바라 본다.

순간이 소중해지는 순간

2024년 12월 11일 초판 1쇄 발행

지은이   김선화
펴낸이   김영훈
편집   김지희
디자인   이은아
편집부   부건영, 김영훈
펴낸곳   한그루
          제주특별자치도 제주시 복지로1길 21
          전화 064-723-7580   전송 064-753-7580
          전자우편 onetreebook@daum.net 누리방 onetreebook.com

ISBN 979-11-6867 200 0 (03010)

값 15,000원